Weihnachten
mit
Rosamunde Pilcher

Weihnachten mit Rosamunde Pilcher

Herausgegeben von Siv Bublitz
Fotoproduktion Andreas von Einsiedel

WELTBILD

Sonderausgabe für Verlagsgruppe Weltbild GmbH,
Steinerne Furt, 86167 Augsburg

Übersetzung: Ingrid von Altrichter

Übersetzung: Margarete Längsfeld
Bildauswahl: Bildschön Fotorecherche
Layout: Edith Lackmann
Styling: Dawn Williams
Mitarbeit und Beratung: Sara Lithgow

Umschlaggestaltung: Studio Höpfner-Thoma, München
Umschlagfotos: Andreas von Einsiedel, Joseph Devenney/TIB
Gesamtherstellung: Offizin Andersen Nexö Leipzig GmbH,
Spenglerallee 26–30, 04442 Zwenkau
Printed in Germany
ISBN 3-8289-7210-1

2005 2004 2003 2002
Die letzte Jahreszahl gibt die aktuelle Lizenzausgabe an.

Inhalt

Ein ganz besonderes Fest

Vor uns liegt das kleine Dorf Zennor an der Nordküste Cornwalls, nur zwanzig Meilen von Land's End entfernt. Es ist erst sechs Uhr abends, aber bereits dunkel. Eine Frostnacht mit eisigem Wind, der vom Atlantik hereinweht. Wir kommen über das Moor in den Ort, stellen die Autos in einer Gasse ab, die so schmal ist wie ein Tunnel, steigen aus, und dann stapfen wir – eine weit auseinandergezogene Gruppe von zwölf Personen – zur Kirche hinauf. Ihr rechteckiger Turm erstrahlt im Licht der Scheinwerfer, die der Wirt, David Care, auf dem Parkplatz des «Tinners Arms» aufgestellt hat.

Über unseren Köpfen hallt das Läuten der Glocken in die Finsternis hinaus, und der Wind trägt ihren Klang davon. Mein jüngster Sohn ist einer der Glöckner. Aus verschiedenen Richtungen strömen eingemummte Gestalten herbei. Taschenlampen und Laternen blinken. Familien, kleine Kinder, junge Mütter mit einem Baby auf dem Arm, sie alle streben der Treppe zu, deren Granitstufen zum

Friedhof hinaufführen. Da steht der traditionelle Weihnachtsbaum, von salzigen Windböen gerüttelt und geschüttelt.

«Hallo! Ganz schön kalt heute, was?»

Wir gehen durch das Tor und steigen in die Kirche hinunter, wie in einen Keller. Sie ist winzig, aus Granit und so alt und feucht, daß sie einen schaudern läßt. Kerzen brennen, und es duftet durchdringend nach Tanne und frisch geschnittenen Stechpalmenzweigen. Allmählich füllen sich die Bänke mit Bauern, Lehrern, Malern und Töpfern, mit alten Leuten und jungen Familien. Viele von ihnen sind mehr oder minder eng mit meinem Mann verwandt. Ihre Kinder tragen wollene Mützen, Schals und Handschuhe, und aus ihren erstaunten Augen leuchtet die Vorfreude.

Es ist ein Gottesdienst, der nur aus Bibeltexten und Liedern besteht. Da an diesem Abend kein Priester anwesend ist, werden die Texte von Mitgliedern der Gemeinde verlesen – in Arbeitskleidung, Jeans und Freizeitjacken, karierten Hemden, Trainingsanzügen ... Aber die Lieder singen wir alle, dirigiert vom Organisten, der neben seinen sonstigen Pflichten auch noch die Aufgabe des Chorleiters übernommen hat.

«Herbei, o ihr Gläub'gen ...»

Der Wind heult um die Kirche, und irgendwo dröhnt ein dumpfer Schlag.

«... fröhlich triumphieret ...»

Die Kirche St. Uny in Lelant, wo Rosamunde und Graham Pilcher getraut wurden.

Weihnachten beginnt.

Als Kind habe ich mir nie viel aus Weihnachten gemacht. Aus verschiedenen und sehr guten Gründen war es immer eine eher nichtssagende, enttäuschende Zeit, und meine Erinnerungen daran beschränken sich auf den Geruch des kleinen, von Ölöfen beheizten Dorfpostamts, in dem Kartons mit Weihnachtskarten herumstanden, die – je nachdem, wie spendierfreudig man war – einen halben

Penny, einen Penny oder zwei Pence kosteten. Außerdem liegt Weihnachten mitten im Winter, und der Winter war nicht gerade meine Lieblingszeit. Drinnen war es dunkel und voller Schatten, der Wind rüttelte an den Fenstern, und draußen reckten kahle Bäume ihre Zweige in einen düsteren Himmel.

Mein Mann und ich wurden am 7. Dezember 1946 in der Kirche St. Uny in Lelant, Cornwall, getraut. Ich bin in Lelant geboren und in dieser Kirche auch getauft worden, doch Graham kam aus Schottland. Dennoch hatte er enge familiäre Beziehungen zu St. Ives und Zennor, und so war die Kirche damals mehr mit seinen zahlreichen Verwandten als mit meinen gefüllt.

Fünfzig Jahre waren seither vergangen, und unsere Goldene Hochzeit stand bevor. Wie sollten wir sie feiern? Erst vor kurzem hatten wir zwei große Parties veranstaltet. Eine zu einem siebzigsten Geburtstag (meinem) und eine zu einem achtzigsten (Grahams).

Ein weiteres üppiges Festmahl für unsere geliebten, aber schon etwas ältlichen Freunde schien uns keine besonders glänzende Idee zu sein. So beschlossen wir, statt dessen unsere Kinder und deren Kinder für eine Woche, die Weihnachtswoche, in ein Hotel in St. Ives einzuladen. Als wir sie zusammenzählten, kamen wir auf vierzehn Personen. Aus London sollten Fiona und Will mit ihren zwei Söhnen anreisen. Aus Schottland sowohl wir beide als auch Robin und Kirsty und deren vier Kinder. Mark und Jess wohnen in Zennor, waren also bereits an Ort und Stelle. Nur Pippa würde fehlen. Aber da sie mit ihrem Mann und fünf Kindern auf der Hawaii-Insel Maui lebt, kamen wir stillschweigend überein, daß es selbst für einen so bedeutenden Anlaß ein bißchen zu weit sei, um die halbe Welt zu reisen.

Am kürzesten Tag des Jahres setzte sich der schottische Trupp in den Zug von Dundee nach Penzance. Während der ganzen Reise war es überwiegend dunkel, und die Sonne zeigte sich kaum lange genug am Himmel, um den wenig erfreulichen Anblick der Midlands zu bewundern. An der Station, an der wir in die Regionalbahn umsteigen sollten, wurden wir von Mark und Jess' Vater erwartet, die uns und unser beträchtliches Gepäck in ihre Autos verluden und nach St. Ives brachten. Auf dieser kurzen Fahrt gibt es eine bestimmte Stelle, von der sich die Straße zwischen Bäumen zur Küste hinabwindet und man zum erstenmal die große Bucht, weit draußen den Leuchtturm und tief unten das Halbrund des Hafens erblickt, dessen funkelnde Lichter sich im Wasser spiegeln. Genau so hatte es an kalten Winterabenden schon immer ausgesehen, und ich kurbelte das Fenster herunter, um den salzigen Geruch der Seeluft zu schnuppern. Hinter Godrevy stieg ein zunehmender Mond auf, und silbriges Glitzern fiederte den schwarzen Ozean.

Die Bucht von St. Ives an der Nordküste von Cornwall

Das Hotel, das wir ausgesucht hatten, war mir angenehm vertraut. Als Kind war ich oft dagewesen, bei Weihnachtsfeiern, und später, während des Krieges, hatte ich hier mit meinen Eltern so manchen Urlaub verbracht, weil unser eigenes Haus in dieser Zeit an eine aus London evakuierte Familie vermietet war. Deshalb gedachte ich stets dankbar auch der Zuflucht, die es uns einst gewährt hatte, und nicht nur der Feste ... Mir kamen Erinnerungen an Partykleider, Lackschuhe, rote Grütze und Knallbonbons, an Zeiten, in denen wir *Pass-the-Parcel* gespielt und *Sir-Roger-de-Coverly* getanzt hatten. Selbst sechzig Jahre danach erschien mir alles noch fast so wie früher. Das Hotel erstrahlte im Glanz seiner Weihnachtsdekoration, aus irgendeiner Ecke erklang Musik, und ein Gefühl kindlicher Erregung und Vorfreude lag in der Luft. Unsere Ankunft verstärkte diesen Eindruck noch, erhöhte aber auch den Geräuschpegel um einige Dezibel. Zimmer wurden besichtigt und bezogen, Cousins und Cousinen wieder vereint, Fernsehapparate auf volle Lautstärke gedreht und heiße Bäder eingelassen.

Dann tauchte der Direktor des Hotels auf, nicht um sich zu beschweren, sondern um uns willkommen zu heißen. «Hoffentlich machen wir nicht zuviel Krach», sagte ich, doch offenbar störte das keinen, und so blieb es während der ganzen sieben Tage.

Auf wundersame Weise herrschte sogar schönes Wetter, es war zwar sehr kalt und windig, aber wolkenlos. Bleicher Sonnenschein lag über St. Ives. Ich hatte die winterliche Stimmung in der kleinen Stadt ganz vergessen, denn ich war seit dem letzten Jahr vor dem Krieg nicht mehr über Weihnachten hier gewesen, und so

stellte ich nur erstaunt fest, wie wenig sie sich eigentlich verändert hatte. Windgepeitscht, ohne Touristen, viele Geschäfte und Cafés geschlossen, wodurch das Städtchen samt seinem Hafen wieder zur Geltung kam. Man konnte die Formen und Proportionen der alten Häuser wieder wahrnehmen, die Straßen und Kais betrachten, ungehindert durch die verwinkelten, kopfsteingepflasterten Gassen schlendern, in denen der Wind pfiff, als fahre er in einen Schornstein hinein, und hoch oben kreischten die Möwen. Die Kinder verschwanden in geheimer Mission, um noch letzte Weihnachtsgeschenke, Süßigkeiten oder dunkelroten Nagellack zu besorgen, und die größeren Jungs machten sich auf den Weg in die Bucht von Porthmeor, in der die Surfer, die in ihren schwarzen Trockenanzügen wie Seehunde aussahen, auf den Wellen ritten.

Bei all diesem Treiben verlor die Goldene Hochzeit ein wenig an Bedeutung. Dennoch mußte es natürlich eine Party geben, die Fiona, Robin und Mark monatelang heimlich vorbereitet hatten. Sie fand am Montag, einen Tag vor Heiligabend, im Carbis Bay Hotel statt, das zwar im Winter geschlossen ist, aber eigens für uns seine Pforten öffnete, was bedeutete, daß wir den Speisesaal ganz für uns allein hatten. Das Carbis Bay Hotel liegt direkt am Strand, ein prächtiger viktorianischer Bau, zur selben Zeit entstanden wie die neue Eisenbahnlinie und von der Hauptstraße aus über eine steile, gewundene Zufahrt zu erreichen. Während die vorsorglich bestellten Taxis mit uns diesen Hügel hinunterrumpelten, ging am wolkenlosen Himmel der inzwischen volle, tellerrunde Mond auf und tauchte alles in Silber.

Das Carbis Bay Hotel bei St. Ives

Als wir eintraten, fanden wir das Hotel festlich geschmückt vor, Champagnerkorken knallten, eine Jazzband spielte Musik aus unserer Zeit, und auf den langen gedeckten Tischen standen Blumen und Weihnachtskerzen, in deren Schein Tafelsilber und Gläser funkelten. Sechzig Freunde und Verwandte hatten sich versammelt, um uns beim Feiern zu helfen... Viele von ihnen waren schon bei unserer Hochzeit gewesen, doch die meisten waren erst danach zur Welt gekommen. Eine der Brautjungfern hatte es geschafft zu kommen, doch der Trauzeuge meines Mannes war in den Wirren der Zeit verlorengegangen, und keiner wußte, ob er überhaupt noch lebte.

Es war ein schönes Fest. Und Tage danach hieß es noch, es sei eines der schön-

sten gewesen. Ein köstliches Mahl, in Strömen fließender, sorgfältig ausgewählter Wein, eine Jubiläumstorte (vortrefflich) und Ansprachen (nicht besonders gut). Die Jazzband spielte, und alle tanzten. Als sich die Musiker für eine Weile zurückzogen, um sich zu stärken, sprang mein Sohn Robin ein. Er lieh sich eine Gitarre, sang einige Lieder und trug ein Gedicht vor, das er an diesem Nachmittag für uns verfaßt hatte. Schließlich holte er noch seine Frau und seine Schwester dazu, um mit ihnen das alte Lied *Dream, Dream, Dream* der Everly Brothers zu singen, das sie schon seit ihrer Teenagerzeit auf Parties zum besten gaben.

Am nächsten Morgen waren beim Frühstück alle recht schweigsam, und einige hatten einen dicken Kopf. Doch es kündigte sich wieder ein herrlicher, beinahe frühlingshafter Tag an, also standen frische Luft und ein bißchen Bewegung auf dem Programm. Da wir die Reste der Jubiläumstorte samt der silbernen Tortenplatte im Carbis Bay Hotel gelassen hatten, trommelten wir eine Gruppe wanderlustiger Leute zusammen, allerdings ohne die Jungs, die sich das Frühstück aufs Zimmer bestellt hatten, lange im Bett blieben, fernsahen und nicht einmal

die Wörter «frische Luft» hören wollten.

Um zur Carbis Bay zu gelangen, wanderten wir die Steilküste entlang. Die See, so blau wie im Sommer, leckte an den schroffen Felsen. Wir gingen an sonnigen Gärten voller Kamelien, Palmen und hoher Kiefern vorbei, in deren Geäst der Wind rauschte. Die Kinder liefen voraus, an den Strand hinunter. Dort führte ein Mann gerade seinen Hund aus, und ihre Fußstapfen stickten ein Lochmuster in den nassen, von der zurückweichenden Flut glattgebügelten Sand.

Am Weihnachtsmorgen fielen die Enkelkinder in unser Zimmer ein, und jedes hatte einen prallgefüllten Strumpf in der Hand. Im Nu war der Raum mit Geschenkpapier, Bändern, Anhängern, leeren Teetassen, Teddybären und Mandarinenschalen übersät. Der Geruch von Mandarinen ist ein typischer Weihnachtsgeruch. Nach einem riesigen Frühstück machten wir uns wieder auf den Weg nach Zennor, zum Morgengottes-

Die Steilküste im Norden Cornwalls

dienst, der traditionell damit endet, daß alle Kirchenbesucher über die Straße und ins «Tinners Arms» hineinströmen.

Da es so viele Leute sind, wird es in dem kleinen Lokal schnell sehr warm, laut und fröhlich. Wahrscheinlich wären wir den ganzen Nachmittag dort geblieben, hätten wir nicht rechtzeitig zum Weihnachtsessen wieder in St. Ives sein müssen.

So viele Leute zusammenzuhalten erfordert schon ein bißchen Organisation, und wir konnten erst im Hotel ganz sicher sein, daß wir nicht aus Versehen ein kleines Kind zurückgelassen hatten.

In der restlichen Zeit des Tages aßen wir, packten Geschenke aus, unternahmen einen langen Spaziergang am Strand, sahen fern, spielten Billard, putzten uns für den Abend heraus, verzehrten noch einmal ein üppiges Mahl und tanzten schließlich mit den übrigen Hotelgästen bis in die späte Nacht hinein. Nach einer Menge irrer Rockmusik legte der Diskjockey einen Bauerntanz auf und dann einen schottischen Reel. Danach überredete er meinen Schwiegersohn, Tom Jones zu imitieren, was er mit größter Hingabe tat. Erst in den frühen Morgenstunden fielen alle, einschließlich der gähnenden Jüngsten, ins Bett.

Der Rest der Woche verstrich, wie alle Ferien verstreichen. Die Tage reihten sich aneinander, so daß einem nur vereinzelte Bilder, jenseits aller Chronologie, in Erinnerung bleiben.

Zum Beispiel der Besuch auf Marks Bauernhof, um zu sehen, welche Fortschritte er gemacht hat. Als er ihn vor achtzehn Monaten kaufte, bestand er aus einem kleinen Haus, einer freistehenden Scheune und einigen halbverfallenen

«Die See, so blau wie
im Sommer, leckte an den
schroffen Felsen.»

Nebengebäuden. Mittlerweile waren die großen Renovierungsarbeiten etwa zur Hälfte vollbracht, Haus und Scheune miteinander verbunden, die Ziegel auf dem Dach. Drinnen Rohbau, draußen Schlamm und Schutt wie in Bosnien zu seinen schlimmsten Zeiten. Aber trotzdem! Die Küche von früher, das Herz des alten Hauses, ist erhalten geblieben, im großen Kamin aus Granit lodern Holzscheite, die Balkendecke ist niedrig, und am Weihnachtsbaum funkeln die Lichter. Tee und Obstkuchen stehen auf dem Küchentisch, um den wir alle sitzen, während wir darüber nachsinnen, wie lange die Arbeit noch dauern mag, wie das schöne neue Wohnzimmer eingerichtet und wo ein windgeschützter Garten angelegt werden soll.

Dann noch die Stunden mit meinem ältesten Enkel, der sich sehnlich wünscht, für ein vierjähriges Studium an der Kunstschule von Edinburgh zugelassen zu werden. Wir gehen gemeinsam nach St. Ives hinunter, durch das verwirrende Labyrinth der Gassen in Downalong, und laufen in jede Kunstgalerie hinein, deren Tür offensteht.

Letzten Endes landen wir in der neuen Tate, einem Prachtbau in der Bucht von Porthmeor, auf dem Gelände des ehemaligen städtischen Gaswerks. Ihr Interieur ist so schön, daß die Bilder irgendwie an Bedeutung verlieren, dabei finden hier ständig neue und faszinierende Ausstellungen statt. Sobald wir des Schauens müde sind, steigen wir in das Restaurant hinauf, trinken Kaffee und reden nicht viel, sondern sehen den Brechern zu, die auf dem Strand unter uns im weißen Sand auslaufen.

«Ich möchte gern wieder herkommen und malen», sagt mein Enkel schließlich.

«Das wirst du wohl», antworte ich und kaufe ihm in dem kleinen Laden der Galerie ein Buch über Barbara Hepworth.

An unserem einzigen trüben Tag sind wir zum Lunch auf Tremedda, wo einst Grahams Tante Elsie gelebt und er viele Sommer seiner Kindheit verbracht hatte. Ein Spaziergang auf dem Kliff, über dunstige, verschachtelte, von Mauerresten aus der Bronzezeit durchzogene Felder, in denen bereits gelbe Tupfen leuchten – die ersten Blüten des Stechginsters. Dann der Lunch in der Küche des Bauernhauses. Wir sind so viele, daß es weder genügend Stühle noch ausreichend Platz auf dem Tisch gibt. Danach ein Fußballspiel: Väter gegen Söhne, mit entfernten Verwandten als Schiedsrichter und Torhüter.

Schließlich unser letzter Tag, an dem wir noch einmal nach Lelant zurückkehren. Die Sonne ist wieder herausgekommen. In dem geschützt liegenden Dorf, wo früher Veilchen gezogen wurden, deren nostalgischer Duft überall die Luft parfümierte, meinen wir, der Frühling sei bereits ausgebrochen, und es ist für diese Jahreszeit ungewöhnlich warm. Wir essen im «The Badger» zu Mittag.

Anschließend brechen wir zu Fuß auf, gehen den Hügel hinunter zu dem kleinen Bahnhof und zum Haus «The Elms», in dem ich die ersten zwölf Jahre meines Lebens verbracht habe. Dann schlagen wir den Weg zur Kirche ein, der uns über den Golfplatz ans Meer führt. Die Dünen sind kahl, der Strand ist verwaist, es herrscht Ebbe.

Die Brandung ist so weit draußen, daß wir sie kaum hören können. Die Kinder klettern in den Dünen herum und hüpfen die vom Wasser ausgespülten Rinnen am Strand entlang, und der noch nasse Sand ist dort, wo die Wellen beim höchsten Stand der Flut ausgelaufen sind, eine wahre Fundgrube für Muschelsucher. Auf dem Rückweg zu den Autos gehen wir in die Kirche hinein und schreiben in das abgewetzte Gästebuch: *Vor 50 Jahren wurden wir hier getraut*. Dann setzen wir unsere Namen darunter.

Ganz plötzlich scheint das eine sehr lange Zeit zu sein.

Wir kehren nach Schottland zurück, wie wir gekommen sind. Mit der Bahn. An einem frühen, noch nachtschwarzen Morgen stehen wir auf dem Bahnsteig und warten darauf, daß die große Lokomotive des aus Penzance kommenden Intercity-Zuges auftaucht. Kaum sind wir eingestiegen, da sinken wir schläfrig auf unsere Plätze, keiner von uns hat Lust zum Reden. Regen trommelt an die Fensterscheiben, und dahinter ist alles dunkel.

Ich weiß, daß es eine gute Idee war zurückzukommen. Ein Erfolg. Es hat geklappt. Kein Zank. Keine familiären Zwistigkeiten. Nur Gelächter. Und als Hayle und Camborne vorübergleiten und der Himmel allmählich hell wird, rufe ich mir die trostlosen Weihnachtsfeste meiner Kindheit in Erinnerung, und mir wird klar, daß sie künftig für mich keine Bedeutung mehr haben werden. Daß sie ausgelöscht sind, überlagert vom vielleicht schönsten Weihnachten, das ich je gehabt habe.

Rosamunde Pilcher

Weihnachtskarten

Für Rosamunde Pilcher beginnt die Vorweihnachtszeit schon im November, wenn sie die ersten Weihnachtskarten schreibt. Etwa dreihundert Freunde, Verwandte und Bekannte in aller Welt bekommen von ihr einen Gruß zum Weihnachtsfest, und damit sie keinen von ihnen vergißt, hat sie eine lange Liste mit Namen und Adressen angelegt. Anfang November, wenn es in Schottland schon am frühen Nachmittag dunkel wird, setzt sie sich an ihren Schreibtisch und holt die Liste hervor.

Zuerst werden die Briefe nach Übersee geschrieben: Rosamunde Pilchers Tochter Philippa lebt mit ihrem Mann und ihren fünf Kindern in den USA. Um sicherzugehen, daß Grüße und Geschenke dort am Weihnachtstag unter dem Tannenbaum liegen, müssen sie spätestens Mitte November abgeschickt werden, ebenso wie die Post an die zahlreichen Freunde und Familienmitglieder der Pilchers in Australien, Neuseeland, Kanada und Indien. «Ich schreibe gern Weihnachtskarten», sagt Rosamunde Pilcher. «Selbst wenn man sich lange nicht gesehen hat, hört man doch wenigstens einmal im Jahr voneinander und bleibt in Verbindung. Wenn ich jemandem schreibe, denke ich natürlich sehr intensiv an ihn. Erinnerungen werden geweckt, und es gibt so etwas wie eine gemeinsame Stunde mit Menschen, die man vielleicht nicht mehr oft trifft. Das genieße ich sehr, und auf diese Weise entsteht schon eine weihnachtliche Stimmung.»

Schon im November verschickt Rosamunde Pilcher die ersten Karten und Geschenke nach Übersee.

Folgende Doppelseite: Weihnachtskarten kennt man in England seit dem 19. Jahrhundert. Neben den «Klassikern» Rotkehlchen und *Father Christmas* gibt es eine Vielzahl liebevoll gestalteter Motive. Inzwischen gelten alte Weihnachtskarten als begehrte Sammelobjekte.

Happiness be thine this
CHRISTMAS
DAY.

Christmas Joys.

A VERY MERRY CHRISTMAS.
Simple diet is best. For many dishes bring many diseases and rich sauces are worse than even heaping several meals upon each other.

Xmas Wishes

Copyright
WE HAIL THE JOYOUS DAY ONCE M

A MERRY CHRISTMAS

Allow me, Miss!
Wishing you a happy Christmas

CHEERY GREETINGS

Loving
CHRISTMAS
Greetings

May your
Christmas
be Jolly.

Die Weihnachtskarten, die Rosamunde Pilcher bekommt, schmücken als weihnachtliche Dekoration das ganze Haus. Hier ein Alkoven im Eßzimmer.

Der Brauch, zum Fest Karten mit guten Wünschen zu verschicken, hat seinen Ursprung bereits in der Antike: Im alten Rom tauschte man zum Jahreswechsel kleine Gaben aus, Olivenzweige, getrocknete Früchte, Honig, Münzen und andere Glücksbringer. Die Christen widmeten diese Sitte für das Weihnachtsfest um, und mit der Erfindung der Buchdruckkunst begann die Geschichte der Weihnachtskarte. Die ursprünglich religiösen Motive auf den handkolorierten Karten wurden nach und nach durch Blumen, Vögel und Ornamente ergänzt. In England wurde die erste Weihnachtskarte 1843 in den Handel gebracht, als sich die kontinentaleuropäische Tradition, Weihnachten als großes Familienfest zu feiern, allmählich auch in Großbritannien durchsetzte. Seit die englische Königin Viktoria im Jahre 1840 den deutschen Prinzen Albert von Sachsen-Coburg-Gotha geheiratet hatte, wurde am Königshof das Weihnachtsfest in deutscher Tradition begangen, mit einem Tannenbaum und einem großen Dinner am ersten Weihnachtstag. Häuslichkeit hatte im viktorianischen England einen hohen Stellenwert, und so nahm man die Idee, ein Fest zu feiern, bei dem die Familie im Mittelpunkt steht, begeistert auf. Die erste in Serie produzierte Weihnachtskarte zeigt denn auch eine typisch viktorianische Familienszene mit Eltern, Kindern und Großeltern, die einträchtig an einem wohlgefüllten Eßtisch versammelt sind. Lieblingsmotiv britischer Weihnachtskarten ist jedoch seit jeher und bis zum heutigen Tag das Rotkehlchen, dicht gefolgt von *Father Christmas*, dem englischen Weihnachtsmann. Neben diesen beiden «Klassikern» gibt es eine Vielzahl verschiedenster Motive, die auch durchaus wechselnden Moden unterliegen. So hegte man im ausgehenden 19. Jahrhundert eine morbide Vorliebe für tote Vögel im Schnee, die viktorianische Ladies zu Tränen rührten und offenkundig weihnachtliche Gefühle weckten.

Englische Weihnachtskarte in Form eines Fächers, ca. 1920.

Rosamunde Pilcher schaut sich ihre Weihnachtskarten immer wieder gern an. «Es ist ein bißchen, als ob man die Menschen, die einem nahestehen, um sich versammelt.»

Ursprünglich wurden Weihnachtskarten nur an Freunde und Verwandte in der Ferne geschickt, doch mittlerweile ist es üblich, auch dem Nachbarn gute Wünsche zum Fest und zum neuen Jahr zu senden. Rosamunde Pilcher bekommt in jedem Jahr mehrere hundert Weihnachtskarten, die sie überall im Haus aufstellt. «Ich freue mich über jeden einzelnen Gruß», sagt sie, «es wäre schade, die Karten irgendwo herumliegen zu lassen. Natürlich passen nur ein paar aufs Kaminsims, aber ich dekoriere zum Beispiel die Alkoven im Wohnzimmer und im Eßzimmer damit, oder ich befestige mehrere Karten an schönen Seidenbändern, die ich dann an die Wand hänge.»

Eine Adventszeit mit Kranz und Kerzen, wie sie hierzulande gefeiert wird, gibt es in England und Schottland nicht. Doch mit dem Schreiben der ersten Karten beginnt die Vorweihnachtszeit, und die Grüße, die man bekommt, sind auch die erste festliche Dekoration des Hauses. «Es ist ein bißchen, als ob man die Menschen, die einem nahestehen, um sich versammelt», sagt Rosamunde Pilcher. «Und das ist doch eigentlich ein wunderbarer Anfang für die Weihnachtszeit, oder?»

Weihnachtsgebäck

Eigentlich ißt Rosamunde Pilcher nicht besonders gern Süßes, und Backen ist auch nicht gerade ihre Leidenschaft. Aber in der Weihnachtszeit macht sie eine Ausnahme: «Ich liebe es, wenn der Duft von frischen *Scones* und *Mince Pies* durchs Haus zieht. Außerdem steht dann oft die ganze Familie plötzlich in der Küche herum, was immer sehr gemütlich ist.»

Die Küche des geräumigen Hauses in der Nähe von Dundee in Schottland bietet viel Platz zum Kochen und Essen. Auch bei klirrender Kälte bleibt es dort immer angenehm warm. Dafür sorgt der *Aga*, der typisch britische Ölherd, der eigentlich eher ein Ofen ist und im Winter niemals ausgeht. Verschiedene Ofenklappen bieten Raum zum Backen und Warmhalten, auf den stets heißen Herdplatten liegen schwere Emaildeckel, die bei Bedarf einfach aufgeklappt werden. Ein Kessel Teewasser läßt sich darauf im Handumdrehen zum Kochen bringen. Notfalls ersetzt der *Aga* sogar das Bügeleisen: Man legt die Wäsche einfach auf die Herdplatte, klappt den – möglichst sauberen – Deckel darüber, und schon ist das Wäschestück glatt.

Beim Backen folgt Rosamunde Pilcher meist alten Familienrezepten, die sich seit Generationen bewährt haben. Besonders gern backt sie schottische Spezialitäten wie *Drop Scones* oder *Oatcakes*. Die Kekse bewahrt sie in großen Blechdosen auf, die auf dem *Dresser*, dem großen alten Buffet in Rosamunde Pilchers Küche, stehen. «Jeder

Rosamunde Pilcher in der Küche ihres Hauses bei Dundee. Links im Hintergrund der *Aga*.

kann sich davon nehmen, und meistens ist so eine Dose ziemlich schnell leer», sagt die Autorin. Wenn sie Gäste zum Tee einladen will, muß sie meistens erst für Nachschub sorgen. Manchmal findet sie das mühsam – wie gesagt, Backen ist nicht ihre Lieblingsbeschäftigung. Aber dann stehen wieder alle in der Küche, es duftet nach *Scones* und der *Aga* verströmt seine gemütliche Wärme ... «Wenn ich mich freiwillig an den Backofen stelle und es auch noch genieße», sagt Rosamunde Pilcher, «dann weiß ich, es ist bald Weihnachten.»

Tip von Rosamunde Pilcher:

Zum Ausstechen der *Scones* eignet sich besonders gut ein kleines Glas, zum Beispiel ein Sherryglas.

Scones

500 g Mehl
1 Teelöffel Backpulver
Prise Salz
60 g weiche Butter
300 ml Buttermilch

Mehl, Backpulver und Salz in eine Schüssel sieben. Butter unterkneten, die Buttermilch nach und nach zugeben und mit einer Gabel oder einem Messerrücken unterrühren, bis der Teig weich, aber nicht klebrig ist. Den Teig auf einem bemehlten Backbrett ca. 3 cm dick ausrollen. Kreise ausstechen und im vorgeheizten Backofen (200°) auf der oberen Schiebeleiste ca. 15 Minuten backen, bis die Scones aufgegangen und goldbraun sind. Zum Essen schneidet man die Scones auf und bestreicht sie mit geschlagener Sahne, Crème fraîche oder Butter und Erdbeerkonfitüre.

Enkelin Alice hilft
Rosamunde Pilcher
bei der
Weihnachtsbäckerei.

Drop Scones

100 g Mehl

$^1/_2$ gestr. Teelöffel Backpulver

150 ml Milch

Prise Salz

1 Ei

3 Eßlöffel Zucker

Mehl, Backpulver, Salz und Zucker in eine Schüssel sieben, eine Mulde hineindrücken, das Ei hineingleiten lassen. Rasch mit einem Holzlöffel mischen, nach und nach die Milch hinzufügen, bis ein dickflüssiger Pfannkuchenteig entsteht. Eine große, flache Pfanne dünn einfetten und auf kleiner Flamme heiß werden lassen. Mit einem Eßlöffel Teig in die Pfanne füllen und darauf achten, daß er nicht zusammenläuft – ein Eßlöffel entspricht jeweils einem Drop Scone (Rosamunde Pilcher backt bis zu fünf Drop Scones gleichzeitig in einer Pfanne – Anfänger sollten es zunächst mal mit zweien versuchen). Wenn die Oberfläche Blasen wirft, mit einem Pfannenmesser wenden und weitere ein bis zwei Minuten backen, bis die Scones auf beiden Seiten gebräunt sind. Aus der Pfanne auf einen vorgewärmten Teller gleiten lassen und mit einem Geschirrtuch warmhalten. Drop Scones sollten warm gegessen werden; man serviert sie mit Butter und Marmelade.

Drop Scones – diese kleinen Pfannkuchen werden auf dem Herd gebacken und warm mit Butter gegessen.

READ

Oatcakes

225 g Hafermehl

$^{1}/_{2}$ Teelöffel Backpulver

Prise Salz

2 Teelöffel geschmolzene

Butter oder Schmalz

150 ml heißes Wasser

Hafermehl, Backpulver und Salz mischen. Geschmolzene Butter und Wasser hinzufügen und unterrühren. Hände mit etwas Hafermehl bestäuben und den Teig mit den Fingern gut durchkneten. Auf einem bemehlten Backbrett so dünn wie möglich ausrollen. Kreise ausstechen und vorsichtig auf einem mit Backpapier ausgelegten Blech plazieren. Im vorgeheizten Backofen (190°) ca. 20 Minuten backen.

Shortbread

250 g Butter

140 g Zucker

380 g Mehl

Prise Salz

Die weiche Butter mit Zucker und Salz verrühren. Mehl unterkneten, Teig zugedeckt zwei Stunden im Kühlschrank ruhen lassen. Aus dem Kühlschrank nehmen, ca. 2 cm dick ausrollen und auf ein mit Backpapier ausgelegtes Blech legen. Aus Alufolie einen Rand falten, damit der Teig nicht auslaufen kann. Teigplatte mit einer Gabel mehrmals einstechen und im vorgeheizten Ofen (190°) ca. 30 Minuten backen. Das noch heiße Shortbread in schmale, ca. 6 cm lange Streifen schneiden.

Tip von

Rosamunde Pilcher:

Wer es etwas einfacher haben will, kann den Teig auch zu einer Rolle von ca. 3 cm Durchmesser formen, bevor er im Kühlschrank ruht. Von dieser Rolle etwa 1 1/2 cm breite Kreise abschneiden und auf das Backblech legen. Die Kekse haben dann nicht die typische Streifenform, schmecken aber genauso gut.

Whisky Loaf

115 ml schottischen Whisky
abgeriebene Schale einer unbehandelten Zitrone und abgeriebene Schale einer halben unbehandelten Orange
100 g kandierte Früchte, gehackt
100 g Rosinen, 170 g Butter
80 g brauner Zucker
2 Eier (getrennt), 280 g Mehl
1 Teelöffel Backpulver

Sirup

60 g brauner Zucker
85 ml Wasser, 1 Teelöffel Whisky

Zitronen- und Orangenschale, kandierte Früchte und Rosinen in Whisky einweichen und über Nacht stehenlassen.

Butter und Zucker schaumig rühren, Eigelbe unterrühren. Mehl mit Backpulver mischen, unter die Buttermischung rühren.

Mince Pies – köstlich zur vorweihnachtlichen Teestunde.

Gehackte Früchte unterheben, Eiweiße schaumig schlagen, ebenfalls unterheben. Teig in eine gefettete Kastenform (ca. 1,5 l) füllen. Im vorgeheizten Ofen (180°) 120 bis 135 Minuten backen. Für den Sirup Zucker bei schwacher Hitze in Wasser auflösen, 3 bis 5 Minuten aufkochen lassen. Topf vom Feuer nehmen, Whisky untermischen. Den noch warmen Kuchen mit einer Nadel einstechen und den warmen Sirup darübergießen. Kuchen abkühlen lassen, dann erst aus der Form lösen.

Mince Pies

Diese süßen Pasteten gehören in England und Schottland zur Weihnachtszeit auf jeden Teetisch. In Großbritannien kann man die Füllung fertig im Glas kaufen. Die Förmchen für die Pies haben einen Durchmesser von ca. 6 cm am Boden und ca. 10 cm am oberen Rand der Form, die ca. 2 cm hoch ist. Mittlerweile bekommt man solche Förmchen auch hierzulande in guten Haushaltswarengeschäften. Mit dem Mincemeat ist es schwieriger, deshalb zunächst ein Rezept, nach dem man die Füllung selbst herstellen kann:

Mincemeat

(ergibt etwa 1,5 kg)

350 g säuerliche Äpfel
225 g Rosinen
125 g Korinthen
225 g Sultaninen
100 g Sukkade
225 g braunen Zucker
25 g gehackte Mandeln

225 g Rindernierenfett (beim Metzger bestellen) oder

Schweineschmalz

Saft und abgeriebene Schale einer unbehandelten Zitrone

2 Eßlöffel Cognac, Whisky oder Rum

je 1 Messerspitze Nelkenpulver, Muskat, Zimt und Piment

Äpfel schälen, entkernen und mit den übrigen Früchten grob hacken. In einer Rührschüssel mit Zucker, Fett, Mandeln, Zitrone und Gewürzen mischen. Schüssel mit einem Geschirrtuch bedecken und zwei bis drei Tage stehenlassen, ab und zu umrühren. Dann den Alkohol zugeben, in Gläser füllen und verschließen. (Hält sich ca. 6 Wochen.)

Pies

(ergibt ca. 18 – 20 Stück)

450 g Mincemeat

350 g Mürbeteig (Rosamunde Pilcher nimmt 200 g Mehl, 100 g kalte Butter, 50 g Zucker, 1 Prise Salz und 1 Ei.)

1 Eiweiß

Zucker zum Bestreuen

Mürbeteig dünn ausrollen, Kreise von ca. 8 cm Durchmesser ausstechen, die Förmchen damit auslegen und je etwa zur Hälfte mit dem Mincemeat füllen. Aus dem Teig etwas kleinere Kreise für die Deckel ausstechen. Teigränder mit kaltem Wasser befeuchten, Teigdeckel auf die Pies legen und vorsichtig festdrücken. Ein kleines Loch in die Teigdeckel schneiden, Pies mit ein wenig rohem Eiweiß bestreichen, mit Zucker bestreuen und im vorgeheizten Ofen (220°) ca. 20 Minuten backen. Abkühlen lassen und mit etwas Schlagsahne servieren.

Die letzten Vorbereitungen

Anders als in Deutschland beginnt das Weihnachtsfest in Großbritannien nicht schon am Heiligabend, sondern erst am 25. Dezember. Der Tag davor kann für die letzten Vorbereitungen und Einkäufe genutzt werden, zumal die meisten Geschäfte nicht früher schließen als an normalen Werktagen. Rosamunde Pilcher vermeidet es allerdings nach Möglichkeit, am Tag vor Weihnachten noch Einkäufe zu erledigen. «Es ist mir zu hektisch; außerdem ist das Angebot natürlich nicht mehr besonders reichhaltig. Ich hole höchstens noch den bestellten Truthahn beim Metzger ab, alles andere habe ich meistens schon früher besorgt.»

Aufgeregt oder gar gestreßt wirkt auch an diesem letzten Tag vor dem Fest niemand in der Familie Pilcher. Rosamunde Pilcher verzichtet lieber auf großen Aufwand, als sich durch hektische Betriebsamkeit aus der Ruhe bringen zu lassen. «Ich finde, Weihnachten sollte vor allem ein behagliches Fest sein. Gäste wie Gastgeber sollen sich wohl fühlen und die Zeit miteinander genießen.»

Rosamunde Pilchers Sohn Robin lebt mit seiner Familie ebenfalls in der Nähe von Dundee. Die Enkelkinder Alice, Hugo und Florence sind oft bei der Großmutter, und Weihnachten wird traditionell dort gefeiert. Die übrigen drei Kinder feiern meistens mit ihren eigenen Familien: Mark, der jüngste Sohn der Pilchers, lebt in Cornwall, Tochter Fiona in London und ihre Schwester Philippa, genannt Pippa, auf Hawaii.

Am Abend vor dem Fest werden die letzten Geschenke verpackt.

Bevor die Kinder zum Tannenbaumschmücken herüberkommen, genießt Rosamunde Pilcher die Ruhe des Vorweihnachtstages. Sie verpackt noch einige Geschenke und legt letzte Hand an die Dekorationen im ganzen Haus. Dabei kommt es ihr nicht auf Menge und Größe an: «Ich halte nicht viel davon, zu Weihnachten das ganze Haus umzuräumen und überall nadelnde Äste hinzustellen. Ein paar Kleinigkeiten machen nicht viel Mühe und wirken oft schon sehr festlich.»

Schönen Weihnachtsschmuck bewahrt die Autorin auf und verwendet ihn in jedem Jahr wieder, doch es kommt auch immer etwas Neues hinzu. Kugeln, goldbesprühte Tannenzapfen und Zweige, glänzende Seidenbänder finden sich im ganzen Haus. Die Dekorationen sehen nicht aus wie kunstvolle Arrangements, sie wirken eher zufällig – eine goldbesprühte Muschel neben der Obstschale im Alkoven, ein Stück glänzende Schleife auf der alten Truhe in der Diele, eine Kerze auf dem Kaminsims.

In den Wochen vor dem Fest hat Rosamunde Pilcher das Haus nach und nach weihnachtlich dekoriert. Hier das Kaminsims im Wohnzimmer.

In der Küche ist um diese Zeit auch schon die meiste Arbeit getan. Auf dem großen Küchenbuffet stehen Kuchen, Kekse und Pralinen für den Nachmittagstee bereit. «Bei solchen Gelegenheiten bin ich immer froh, eine große Küche zu haben», sagt Rosamunde Pilcher. «Man stellt einfach alles irgendwohin und muß dann an nichts mehr denken.»

Am Tag vor Weihnachten sind schon fast alle Köstlichkeiten fertig und stehen auf dem *Dresser*, dem großen Küchenbuffet, bereit.

«Schönen Weihnachtsschmuck bewahre ich auf und freue mich jedes Jahr wieder daran, aber es kommt auch immer etwas Neues hinzu.»

Am Nachmittag hilft dann Enkelin Florence mit einer Freundin beim Schmücken des Tannenbaums. Behutsam wickeln die drei Weihnachtskugeln, goldene Engel und anderen Schmuck aus dem Seidenpapier, in dem Rosamunde Pilcher ihre Schätze aufbewahrt. Schließlich ist das Kunstwerk vollbracht. In der Nacht wird *Father Christmas* durch den Schornstein kommen, die Geschenke unter den Baum legen und die *Stockings* füllen, die von den Kindern an den Kamin gehängt wurden.

Enkelin Florence (rechts) und ihre Freundin Claudia helfen beim Christbaumschmücken.

Der Weihnachtstag

Schon bevor man begann, zum Weihnachtsfest einen Tannenbaum aufzustellen, war es üblich, das Haus mit Mistelzweigen und Stechpalmen zu dekorieren. In England ist es eine alte Sitte, daß sich Liebespaare unter einem Mistelzweig küssen, der einst als Symbol der magischen Kraft der Druiden galt und sich von den Sonnenwendfeiern des Altertums zum christlichen Weihnachtsfest hinübergerettet hat. Der Weihnachtsbaum hat dagegen erst eine relativ kurze Geschichte: Er gelangte Mitte des 19. Jahrhunderts nach England, eingeführt durch Albert von Sachsen-Coburg-Gotha, den Prinzgemahl Königin Viktorias. In den vierziger Jahren des vergangenen Jahrhunderts stellte Albert den ersten Tannenbaum im weihnachtlichen Windsor Castle auf, und bald darauf gab es in den meisten englischen Familien zum Fest einen Christbaum, meist dekoriert mit kleinen britischen Flaggen. In reichen Häusern bewachte ein Diener den Tannenbaum, damit er kein Feuer fing, und auch heute noch ist die Sorge der Briten um die Brandgefahr groß: In England und Schottland werden ausschließlich elektrische Tannenbaumkerzen verwendet.

Am Weihnachtsmorgen:
Noch ist alles still…

Am Weihnachtsmorgen sind die Kleinsten als erste wach. Auf Zehenspitzen schleichen sie die Treppe hinunter zum Kamin im Wohnzimmer, um ihre *Stockings* zu holen, die Strümpfe, die der Weihnachtsmann in der Nacht mit Schokolade, Nüssen, Orangen und anderen Kleinigkeiten gefüllt hat. Da Sankt Nikolaus bereits im Mittelalter gemeinsam mit sämtlichen anderen Heiligen aus dem protestantischen Britannien verbannt wurde, muß *Father Christmas* die Aufgaben des Kollegen mit übernehmen. Statt der bei uns üblichen Schuhe füllt er allerdings Strümpfe, die Heiligabend an den Kamin gehängt werden. Der Sage nach kommt der Weihnachtsmann mit einem Rentierschlitten vom Polarkreis heruntergeprescht, landet jeweils auf den Dächern der Häuser, in denen die braven Kinder wohnen, und gelangt durch den Schornstein ins Wohnzimmer, um dort die Geschenke zu hinterlegen. Wenn man seine Socken direkt am Kamin befestigt, hängen sie sozusagen auf dem Weg, und *Father Christmas* stopft noch ein paar Kleinigkeiten hinein, bevor er wieder abfährt.

Florence und Claudia haben neben Obst und Schokolade auch noch Malstifte und ein paar kleine Bilderbücher bekommen, mit denen sie sich die Zeit vertreiben, bis die Großen endlich aufstehen.

Father Christmas hinterläßt Schokolade, Nüsse, Orangen und andere Kleinigkeiten in den *Stockings*, die am Weihnachtsabend an den Kamin gehängt werden.

Kleine Mädchen
brauchen extra
große Strümpfe . . .

Irgendwann ist es soweit: Alle sind wach, haben eine erste Tasse Tee getrunken und ein kleines Frühstück eingenommen – für das große Weihnachtsessen muß noch Platz bleiben. Jetzt ist es Zeit, in die Kirche zu gehen. Nach dem Gottesdienst in der Kirche *All Saints Glencarse* folgt ein Spaziergang. Um diese Zeit sind meist schon die ersten Gäste da. Wenn Schnee liegt, was im Dezember manchmal vorkommt, kann man sich bei einer Schneeballschlacht richtig austoben, zwischendurch werden Geschichten erzählt und gemeinsam Weihnachtslieder angestimmt.

Am späten Vormittag gehen alle gemeinsam spazieren. (Diese Bilder aus Rosamunde Pilchers Familienalbum zeigen «weiße Weihnachten», die in Schottland nur selten vorkommen.)

oben links: v.l.n.r.: Mark Pilchers Freundin Jess, Fiona, Mark und Rosamunde Pilcher.
oben rechts: v.l.n.r.: Fiona, Jess, Fionas Mann Will, eine Freundin und Rosamunde Pilcher
unten: v.l.n.r.: Jess, Mark, Fiona und Rosamunde Pilcher

O come, all ye faithful

1 O come, all ye faithful,

Joyful and triumphant,

O come ye, O come ye to Bethlehem;

Come and behold him,

Born the King of angels:

O come, let us adore him,

O come, let us adore him,

O come, let us adore him, Christ the Lord!

2 God of God,

Light of Light,

Lo, he abhors not the Virgin's womb;

Very God,

Begotten, not created:

3 Sing, choirs of angels,

Sing in exultation

Sing, all ye citizens of heaven above;

Glory to God

In the highest:

4 Yea, Lord, we greet thee,
Born this happy morning,
Jesus, to thee be glory given;
Word of the Father,
Now in flesh appearing:

1 Herbei, o ihr Gläub'gen, fröhlich triumphieret,
o kommet, o kommet nach Bethlehem!
Sehet das Kindlein uns zum Heil geboren!
O lasset uns anbeten,
o lasset uns anbeten,
o lasset uns anbeten den König!

2 Du König der Ehren, Herrscher der Heerscharen / verschmähst nicht zu ruhn in Marien Schoß, / Gott, wahrer Gott von Ewigkeit geboren.
O lasset uns anbeten, / o lasset uns anbeten, / o lasset uns anbeten den König!

3 Kommt, singet dem Herren, singt, ihr Engelchöre! / Frohlocket, frohlocket, ihr Seligen: / «Ehre sei Gott im Himmel und auf Erden!»

4 Ja, dir, der du heute Mensch für uns geboren, / Herr Jesu, sei Ehre und Preis und Ruhm, / dir, fleischgewordenes Wort des ewgen Vaters!

T: Friedrich Heinrich Ranke (1823) 1826
nach «Adeste Fideles» von John Francis Wade
und Jean François Borderies um 1790
M: John Reading (?) (vor 1681) 1782

Wieder zu Hause, ruhen sich alle ein wenig aus. Am frühen Nachmittag zündet Graham Pilcher den Kamin an und genießt eine Viertelstunde gemeinsam mit seiner Frau die Ruhe vor dem großen Fest. Ein Augenblick der Besinnlichkeit, den die Autorin sehr schätzt: «Es ist wundervoll, eine große Familie und das Haus voller Gäste zu haben», sagt Rosamunde Pilcher, «aber zwischendurch muß man sich auch kurz zurückziehen können, um Atem zu schöpfen.«

Rosamunde und Graham Pilcher genießen die Ruhe vor dem großen Fest. Dackeldame Daisy hingegen wird schon etwas ungeduldig.

Nach und nach findet sich die übrige Familie ein, die Gäste kommen dazu, und man trinkt ein Glas Champagner, während die Kinder ihre Geschenke auswickeln. Dann sitzen alle beisammen, freuen sich, einander wiederzusehen, tauschen die wichtigsten Erlebnisse des vergangenen Jahres aus, hören Musik und singen Weihnachtslieder. In vielen Familien vertreibt man sich die Zeit bis zum Abendessen auch mit Spielen. Besonders beliebt sind Charaden, bei denen bestimmte Begriffe vorgespielt und erraten werden müssen. Ein traditionelles, wenn auch nicht ganz ungefährliches englisches Weihnachtsspiel ist *Snapdragon*: Eine Schale Korinthen wird mit Brandy übergossen und angezündet. Die Spieler müssen reihum Korinthen aus den Flammen «schnappen» und aufessen.

Familie und Gäste versammeln sich am Kamin: v.l.n.r.: Florence, Claudia, Robin Pilchers Frau Kirsty, Rosemary, eine Freundin der Familie, Rosamunde, Graham, Hugo, Rosamunde Pilchers Freundin Sara, Alice und ihr Vater Robin.

O little town of Bethlehem

1 O little town of Bethlehem,
How still we see thee lie!
Above thy deep and dreamless sleep
The silent stars go by.
Yet in thy dark streets shineth
The everlasting light;
The hopes and fears of all the years
Are met in thee to-night.

2 O morning stars, together
Proclaim the holy birth,
An praises sing to God the King,
And peace to men on earth;
For Christ is born of Mary;
And, gathered all above,
While mortals sleep, the angels keep
Their watch of wondering love.

3 O holy Child of Bethlehem,
Descend to us, we pray;
Cast out our sin, and enter in,
Be born in us to-day.

We hear the Christmas angels
The great glad tidings tell:
O come to us, abide with us,
Our Lord Emmanuel.

1 O Bethlehem, du kleine Stadt,
wie stille liegst du hier,
du schläfst, und goldne Sternelein ziehn
leise über dir.
Doch in den dunklen Gassen das ewge Licht
heut scheint
für alle, die da traurig sind und die zuvor
geweint.

2 Des Herren heilige Geburt / verkündet hell der Stern, / ein ewger Friede sei beschert / den Menschen nah und fern; / denn Christus ist geboren, / und Engel halten Wacht, / dieweil die Menschen schlafen / die ganze dunkle Nacht.

3 O heilig Kind von Bethlehem, / in unsre Herzen komm, / wirf alle unsre Sünden fort / und mach uns frei und fromm! / Die Weihnachtsengel singen / die frohe Botschaft hell: / Komm auch zu uns und bleib bei uns, / o Herr Immanuel.

T: Helmut Barbe 1954 nach dem englischen «O little town of Bethlehem» von Phillips Brooks 1868
M: England 16. Jh., Ralph Vaughan Williams 1906

In der Familie Pilcher gibt es eher viele kleine, liebevolle Geschenke als teure, aufwendige Gaben. «Von meinen Kindern und Enkelkindern bekomme ich oft kleine Luxusgegenstände, die ich mir selbst nicht kaufen würde», erzählt Rosamunde Pilcher. «Vielleicht ein Badeöl oder ein Stück duftende Seife, darüber freue ich mich sehr. Manchmal steuern auch alle ein paar Stücke zu einem Porzellanservice bei, das ich sammle.» Zu diesem Fest schenkt sie ihrem Mann Graham einen Füllfederhalter. Für die Kinder und Enkel gibt es Pullover und Jacken aus feinster schottischer Wolle, schönes Briefpapier und Briefbeschwerer mit eingravierten Initialen. Enkelin Florence bekommt außerdem noch ein Paar Reitstiefel, die sie sich sehnlichst gewünscht hat.

Während die Erwachsenen am Kamin sitzen, packen die Kinder ihre Geschenke aus.

«Ich glaube, das ist für mich!» – beste Freundinnen unter dem Tannenbaum.

Das Festmenü

Im Mittelpunkt des traditionellen Festessens am Weihnachtstag steht in England wie in Schottland der Truthahn. Die Briten nennen ihn *Turkey*, obwohl er ursprünglich aus Mexiko und keineswegs aus der Türkei kommt. Doch es waren levantinische Händler, die diesen Vogel im 16. Jahrhundert erstmals nach Europa importierten, und nach ihnen benannten die Engländer dieses fremdartige Tier. Die mexikanischen Truthähne ähnelten zunächst eher dem Perlhuhn als dem wohlgenährten Weihnachtsbraten, den man heute kennt. Doch alsbald nahmen sich einige Bauern aus Norfolk der Zucht an, und schon ein paar Jahrzehnte später war der Truthahn zu seiner heutigen stattlichen Größe herangewachsen. Englische Siedler waren es auch, die im 17. Jahrhundert ein paar Prachtexemplare aus Norfolk nach Amerika mitnahmen, wo der *Turkey* noch heute überall im Land zum *Thanksgiving*-Fest auf den Tisch kommt.

Rosamunde Pilchers Freundin Sara hilft bei den Vorbereitungen des Weihnachtsmenüs.

Nicht ganz so weit, aber fast so beschwerlich war der Transport der Truthähne aus Norfolk zum Londoner Weihnachtsmarkt. Die Händler brachen schon kurz nach der Erntezeit, also Ende August, mit den Tieren auf. Die Wege waren unbefestigt und morastig, oft blieben die Vögel im Schlamm buchstäblich stecken. Manche Händler versorgten die Truthähne deshalb mit Schuhwerk, indem sie ihnen die Füße mit Sackleinen oder Leder umwickelten. Überliefert ist ein Wettrennen von Norfolk nach London zwischen einer Truthahn- und einer Gänseherde, das die Gänse gewannen: Zwar watschelten sie langsamer, doch konnten sie im Gehen fressen, was ihnen einen großen Zeitvorteil verschaffte.

Der Truthahn – Mittelpunkt eines schottischen Weihnachtsessens.

Infolge dieser Mühen war der Truthahn nicht gerade billig und blieb selbst zu Weihnachten lange Zeit jenen vorbehalten, die es sich leisten konnten, für ein einziges Festessen mehr auszugeben, als viele im ganzen Jahr verdienten. Erst gegen Ende des 19. Jahrhunderts ermöglichten Transportwege und Vorratshaltung erschwingliche Preise. Doch auch heute noch gilt, daß der Truthahn kein Festessen für nur einen Tag ist: Mindestens ebenso wichtig wie der Braten selbst sind die sogenannten *Trimmings* – Füllung, Saucen und Beilagen. Jede Familie hat hier ihre Geheimrezepte, und daß von einem Sechs-Kilo-Truthahn samt *Trimmings* etwas für die folgenden Tage übrigbleibt, wird nicht nur in Kauf genommen, sondern geradezu erwartet: *Turkey*-Sandwiches mit Sauce sind das traditionelle Festessen für den zweiten Weihnachtstag.

Roast Turkey

(Gebratener Truthahn)

1 ofenfertiger Truthahn
(für 6–8 Personen ca. 5–6 kg)
250 g durchwachsener Speck in Streifen
50 g Butter

Truthahn füllen (siehe Rezepte für die Füllung), mit Butter bestreichen, Speckstreifen auf die Brust legen, salzen und pfeffern und in Alufolie einwickeln. In den vorgeheizten Ofen (200°) schieben und ca. 3 Stunden braten (die gesamte Bratzeit sollte etwa 30 Minuten pro Kilo betragen, wobei die Füllung mitgerechnet werden muß). Folie öffnen und den Truthahn eine weitere Stunde knusprig braten, dabei immer wieder mit Bratensaft begießen. Nach dem Braten mindestens 30 Minuten an einem warmen Ort ruhen lassen, erst dann tranchieren.

Sage and Onion Stuffing

(Salbei-Zwiebel-Füllung)

500 g feingehackte Zwiebeln

20 Salbeiblätter oder 2 gehäufte Teelöffel getrockneter Salbei

400 g Weißbrot oder Brötchen

100 g geschmolzene Butter

2 verquirlte Eier

Salz und Pfeffer

Zwiebeln mit etwas Wasser aufkochen und ca. 10 Minuten im zugedeckten Topf köcheln lassen. Wasser abgießen. Frischen Salbei kurz in heißem Wasser blanchieren, abtropfen lassen und fein hacken. Gekochte Zwiebeln sehr fein hacken. Im Mixer mit Salbei, dem zerkrümelten Brot, der Butter und den Eiern mischen, mit Salz und Pfeffer würzen.

Chestnut Stuffing

(Maronen-Füllung)

700 g Maronen

1 Putenleber, feingehackt

125 g geschmolzene Butter

Salz, Pfeffer

Maronen mit einem Küchenmesser einritzen, in einem Topf mit Wasser bedecken und ca. 20 Minuten kochen lassen. Wasser nicht abgießen, Maronen einzeln aus dem Topf nehmen und schälen. Die Hälfte der Maronen fein hacken, die übrigen ganz lassen. Mit der Leber und der Butter vermischen, salzen und pfeffern.

Spicy Red Cabbage

(Pikanter Rotkohl)

1 Rotkohl

50 g Butter

4 säuerliche Äpfel

2 Eßlöffel Essig

200 g durchwachsener Speck in Streifen

2 große Zwiebeln

2 Teelöffel brauner Zucker

Salz und Pfeffer

Den Rotkohl vierteln, Strunk entfernen und den Kohl in feine Streifen schneiden. Speck in etwas Butter knusprig braten, herausnehmen und warmstellen. Restliche Butter in den Topf geben und die Zwiebeln darin vorsichtig goldbraun dünsten. Äpfel schälen, entkernen und in Stücke schneiden. Kohl, Äpfel, Zwiebeln und Speck in einen schweren Topf schichten, jede Schicht mit Salz, Pfeffer, etwas Zucker und Essig würzen. Eine Tasse heißes Wasser darüberschütten, mit etwas Zucker bestreuen und ein paar Butterflocken darauf setzen. Topf mit Deckel verschließen und das Ganze auf kleiner Flamme etwa 45 Minuten garen.

Brussels Sprouts with Chestnuts

(Rosenkohl mit Maronen)

500 g Rosenkohl

250 g Maronen

50 g Butter

150 ml Hühnerbrühe

Salz, Pfeffer

Maronen kreuzweise einschneiden, in einem Topf mit Wasser bedeckt zum Kochen bringen, ca. 5 Minuten kochen, bis die Schale aufspringt. Topf vom Feuer nehmen, Maronen nicht abgießen, sondern einzeln aus dem heißen Wasser nehmen und schälen.

Rosenkohl putzen. Butter in einem schweren Topf schmelzen lassen, Maronen hineingeben, ein paar Minuten dünsten. Brühe hinzufügen, im geschlossenen Topf etwa 20 Minuten garen. Rosenkohl dazugeben, evtl. noch Brühe nachgießen, falls das Gemüse nicht bedeckt ist. Salzen, pfeffern und noch einmal ca. 10 Minuten garen. Abgießen, nachwürzen und servieren.

Bread Sauce

(Brotsauce)

200 ml Milch

1 Zwiebel

3 Scheiben Weißbrot

1 Eßlöffel Butter

1 Lorbeerblatt

Salz, Pfeffer

Feingehackte Zwiebel in Butter glasig dünsten. Brot hacken oder im Mixer zerkrümeln, zusammen mit der Milch zu den Zwiebeln geben. Mit Lorbeerblatt, Salz und

Pfeffer würzen, ca. 30 Minuten auf kleiner Flamme köcheln. Vor dem Servieren noch ein Stück kalte Butter unterschlagen und das Lorbeerblatt herausnehmen. Warm zum Truthahn servieren.

Cranberry Sauce

(Preiselbeersauce)

450 g Preiselbeeren (frisch oder tiefgekühlt)

300 ml Wasser

350 g Zucker

Saft 1/2 Orange

evtl. einen Schuß Rotwein

Preiselbeeren putzen, Zucker bei schwacher Hitze im Wasser auflösen. Preiselbeeren hinzufügen, zum Kochen bringen. Topf vom Feuer nehmen, den Orangensaft und evtl. Rotwein hinzufügen. Alles ca. 10 Minuten köcheln lassen, bis die Preiselbeeren weich sind. Beeren in ein Sieb schütten, Flüssigkeit wieder in den Topf geben und einkochen. Beeren hinzufügen, die Sauce abkühlen lassen und zum Truthahn servieren.

Oranges with Ice-Cream

(Geeiste Orangen)

6 Orangen

500 ml gefrorener Orangensaft

500 ml Vanille-Eiscreme

Von den Orangen einen Deckel abschneiden, das Fruchtfleisch vorsichtig auslösen und anderweitig verwenden. Eis und Orangensaft antauen lassen und verrühren, dann wieder einfrieren. Die noch cremige Masse in die Orangen füllen, die Deckel daraufsetzen und in der Tiefkühltruhe aufbewahren. Etwa 30 Minuten vor dem Verzehr herausnehmen, evtl. mit Blättern garnieren.

Schlußpunkt des Weihnachtsessens ist stets der *Christmas Pudding*, serviert auf einer großen Platte, mit Stechpalmenzweigen dekoriert und flambiert. Zum Ritual des Puddings gehört schon die Zubereitung: Traditionell wird er am fünften Sonntag vor Weihnachten gekocht. Die ganze Familie versammelt sich in der Küche, und jeder ist einmal mit dem Rühren an der Reihe. Im Gedenken an die Reise der Heiligen Drei Könige rührt man von Osten nach Westen und darf sich dabei etwas wünschen. Was, wird nicht verraten, doch daß es im Laufe des kommenden Jahres in Erfüllung geht, ist einigermaßen sicher – allemal für den Glücklichen, der am Weihnachtstag die Silbermünze findet, die bei der Zubereitung im Puddingteig versteckt wird.

Christmas Pudding

75 g Mehl

75 g gehacktes Rindernierenfett (beim Metzger bestellen) oder Schweineschmalz

75 g zerkrümeltes Weißbrot oder Semmelbrösel

75 g Korinthen

120 g Sultaninen

120 g Rosinen

75 g brauner Zucker

je 1 Prise Salz, Nelkenpulver, Piment, Zimt und Muskat

50 g Orangeat und / oder Zitronat (gehackt)

50 g kandierte Kirschen (gehackt)

1 kleine geriebene Möhre

$^1/_2$ kleiner Apfel, geschält und gerieben

2 verquirlte Eier

abgeriebene Schale und Saft je $^1/_2$ Orange und $^1/_2$ Zitrone

100 ml dunkles Bier (Guiness oder Stout)

Mehl, Fett, Semmelbrösel, kandierte Früchte, Zucker, Salz, Gewürze, Zitronen- und Orangenschale, Möhre und Apfel in einer großen Schüssel miteinander vermengen. Eier, Zitronen- und Orangensaft und Bier mischen, zu den anderen Zutaten geben und das Ganze zu einem dickflüssigen Teig verrühren. Wenn nötig, noch etwas Bier hinzufügen. Mischung in eine gefettete Puddingform (ca. 1,5 l) füllen, Form verschließen und im Wasserbad 7 Stunden garen. Von Zeit zu Zeit verdampftes Wasser auffüllen. Form aus dem Wasserbad nehmen, Pudding abkühlen lassen und an einem kühlen Ort mindestens sechs Wochen reifen lassen. Vor dem Servieren noch einmal drei Stunden nachgaren, dann auf einen Teller stürzen und mit Stechpalmenzweigen dekorieren. Zum Servieren ein kleines Glas Cognac über den Pudding gießen und anzünden.

Brandy Butter

125 g Butter, 2 Teelöffel Zucker und 4 Teelöffel Cognac

Butter und Zucker schaumig rühren, Cognac tropfenweise dazugeben, dabei ständig schlagen, bis eine cremige Sauce entsteht.

Nach dem Dessert kann noch Käse gereicht werden. Rosamunde Pilcher selbst zieht ein Stück Stilton jedem süßen Dessert vor, doch meist wird die Käseplatte erst am zweiten Weihnachtstag richtig gewürdigt. Die englischen Käsesorten sind zwar nicht so zahlreich und auf dem Kontinent auch nicht so bekannt wie die französischen, doch was den Geschmack angeht, können sie es jederzeit mit der gallischen Konkurrenz aufnehmen. Das gilt vor allem für den Stilton, einen edlen Blauschimmelkäse, der seit dem 18. Jahrhundert hergestellt und traditionell mit Stangensellerie und einem Glas Portwein serviert wird.

Der älteste englische Käse ist Cheshire aus der gleichnamigen Grafschaft im Nordwesten des Landes. Ihn soll es bereits zur Römerzeit gegeben haben. Mittlerweile hat er auch seinen Weg nach Deutschland gefunden, wo er allerdings meist fälschlich unter dem Namen «Chester» verkauft wird.

Von den Briten selbst am häufigsten verzehrt wird der Cheddar aus der Grafschaft Somerset. Ursprünglich aus der in Südengland reichlich vorhandenen Schafsmilch hergestellt, ist er heute meist aus Kuhmilch und wird in verschiedenen Reifegraden angeboten: Milder Cheddar reift nur etwa drei Monate, während der würzige *Mature Cheddar* bis zu zwei Jahre lagert, bevor er in den Verkauf kommt.

Neben diesen drei bekanntesten Sorten findet man in britischen Lebensmittelgeschäften noch eine große Auswahl weiterer Käse: Lancashire, Double Gloucester, Caerphilly oder den irischen Cashel Blue. Gern ißt man dazu hauchdünne Cracker und Pickle, eine Art pikantes Chutney aus Gemüse, Äpfeln und Gewürzen.

Es ist angerichtet: Truthahn samt *Trimmings*, geeiste Orangen, *Christmas Pudding*, Käseauswahl. Getrunken wird australischer Weißwein und französischer Burgunder.

Am Weihnachtstag selbst gibt es für die Hausherrin nur noch wenig zu tun. Das Menü wurde in den Tagen vor Weihnachten vorbereitet. Um den Truthahn kümmert sich Rosamunde Pilchers Freundin Sara, die *Trimmings* sind längst zubereitet und werden, soweit nötig, kurz vor dem Servieren im Aga erwärmt. Den Tisch im Eßzimmer hat Rosamunde Pilcher bereits am Abend vorher festlich gedeckt. Gern mischt sie Familienerbstücke wie das alte Tafelsilber mit modernem Design, zum Beispiel schlichten Glastellern für Brot und Butter. Kerzen und auch ein paar Blumen dekorieren die Tafel. Schüsseln und Platten kommen nicht auf den Tisch, sondern stehen auf der Anrichte bereit.

Am späten Nachmittag setzen sich Familie und Gäste dann zum Essen, das bis weit in den Abend hinein dauert. Zum Schluß, wenn der brennende Plumpudding serviert wird, knallen die *Christmas Cracker*, jeder setzt sich seinen bunten Papphut und vielleicht auch eine Pappnase auf, und unter allgemeinem Beifall und viel Gelächter werden die Witze und Kalauer vorgelesen, die man den Knallbonbons entnehmen kann.

An jedem Platz liegt ein *Christmas Cracker*.

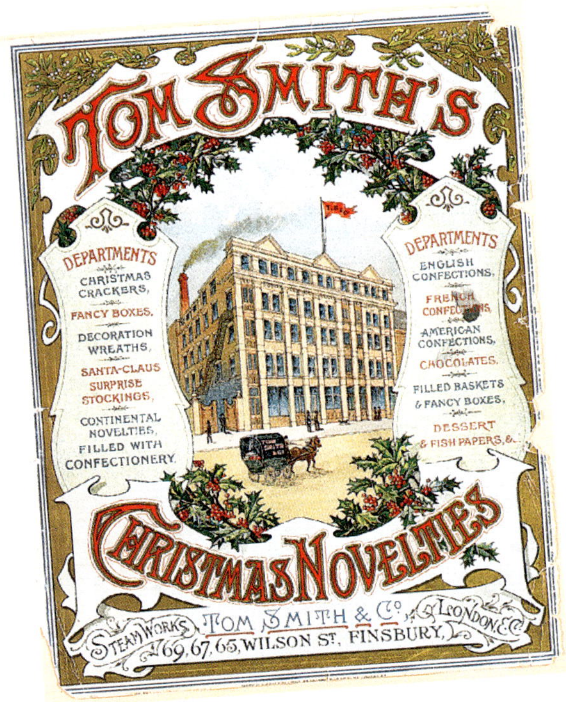

Christmas Cracker haben eine lange Tradition. Erfunden wurden sie von dem englischen Süßwarenhersteller Tom Smith, dessen Firma noch heute besteht.

Christmas Cracker gehören seit Mitte des vorigen Jahrhunderts zur britischen Weihnachtstradition. Erfunden wurden sie von dem englischen Süßwarenhersteller Tom Smith, dessen Firma noch heute besteht. Von einer Reise nach Frankreich hatte Smith die Idee mitgebracht, kleine Süßigkeiten in Seidenpapier verpackt zum Verkauf anzubieten – so gelangte der Bonbon nach Britannien. Da der Absatz der Bonbons, die vor allem als Geschenk gekauft wurden, nach der Weihnachtszeit jedesmal drastisch sank, ließ Smith sich von seinem florierenden Geschäft mit Hochzeitstorten inspirieren und legte den Bonbons kleine Zettel mit Liebeserklärungen bei. 1847 ersann Tom Smith dann den *Christmas Cracker*, der beim Auseinanderziehen einen Knall erzeugte. Die Cracker enthielten anfangs nur Zettel mit Weihnachtswünschen oder allgemeinen Lebensweisheiten. Später kamen bunte Papphüte und -nasen hinzu, und statt der Lebensweisheiten liegen den Crackern heute Kalauer und möglichst alberne Witze bei, die man sich nach dem Weihnachtsessen gegenseitig vorliest.

Knallbonbons und Papphüte erinnern an das bei uns übliche Feuerwerk zum neuen Jahr und die Silvesterhüte – beides kennt man in Großbritannien nicht. Ob am Weihnachtsabend oder zu Silvester, der historische Ursprung des Lärmens und Verkleidens ist derselbe: Die Römer feierten um die Wintersonnenwende die Saturnalien, eine Reihe von Festtagen mit Gelagen, Spielen und Verkleidungen, mit denen man dem Gott Saturn huldigte und die Rückkehr des Sonnenlichts feierte.

Die Familie hat sich zum großen Christmas Dinner um den Tische versammelt, v. l. n. r.: Florence, Claudia, Alice, Hugo, Rosamunde, Robin, Sara, Kirsty, Rosemary, Graham.

«Weihnachten sollte vor allem ein behagliches Fest sein. Gäste wie Gastgeber sollen sich wohl fühlen und die Zeit miteinander genießen.»

Graham und Rosamunde Pilcher

oben links: Alice
oben rechts: Florence
unten links: Hugo
unten rechts:
Kirsty und Rosemary

Miss Camerons Weihnachtsfest

Die kleine Stadt Kilmoran hatte viele Gesichter, und für Miss Cameron waren sie alle schön. Im Frühling war das Wasser der Förde indigoblau gefärbt; landeinwärts tummelten sich Lämmer auf den Feldern, und in den Gärten wogten gelbe Narzissen. Der Sommer brachte die Besucher; Familien kampierten am Strand und schwammen in den flachen Wellen; der Eiswagen parkte am Wellenbrecher, der alte Mann mit dem Esel ließ die Kinder reiten. Und dann, gegen Mitte September, verschwanden die Besucher, die Ferienhäuser wurden dichtgemacht, ihre Fenster mit den geschlossenen Läden starrten blind über das Wasser zu den Hügeln am fernen Ufer. Überall auf dem Land brummten die Mähdrescher, und wenn die ersten Blätter von den Bäumen fielen und die stürmischen Herbstfluten das Meer bis an die Krone der Mauer unterhalb von Miss Camerons Garten steigen ließen, kamen die ersten Wildgänse von Norden geflogen. Nach den Gänsen hatte Miss Cameron jedesmal das Gefühl, nun sei der Winter eingekehrt.

Schottische Winterlandschaft:
Der Fluß Tay bei Aberfeldy

Und das war, dachte sie im stillen, vielleicht die allerschönste Zeit. Ihr Haus sah nach Süden über die Förde; und war es auch oft dunkel, windig und regnerisch, wenn sie aufwachte, so war der Himmel doch manchmal auch klar und wolkenlos, und an solchen Morgen lag sie im Bett und beobachtete, wie die Sonne über den Horizont kletterte und das Schlafzimmer mit rosigem Licht durchflutete. Es blinkte auf dem Messinggestell des Bettes und wurde von dem Spiegel über dem Toilettentisch reflektiert.

Heute war der 24. Dezember, und was für ein Morgen! Und morgen Weihnachten. Sie lebte allein und würde den morgigen Tag allein verbringen. Es machte ihr nichts aus. Sie und ihr Haus würden sich gegenseitig Gesellschaft leisten. Sie stand auf und schloß das Fenster. Die fernen Lammermuir-Hügel waren mit Schnee überzuckert, und auf der Mauer am Ende des Gartens saß eine Möwe kreischend über einem Stück verfaultem Fisch. Plötzlich breitete sie die Schwingen aus und flog davon. Das Sonnenlicht fing sich in dem weißen Gefieder und verwandelte die Möwe in einen zauberhaften rosa Vogel, so schön, daß Miss Cameron vor Freude und Aufregung das Herz schwoll. Sie beobachtete den Flug der Möwe, bis sie außer Sicht segelte, dann zog sie ihre Pantoffeln an und ging hinunter, um Wasser für ihren Tee aufzusetzen.

Möwen über der Förde
von Forth

Miss Cameron war achtundfünfzig. Bis vor zwei Jahren hatte sie in Edinburgh gelebt, in dem großen, kalten, nach Norden gelegenen Haus, wo sie geboren und aufgewachsen war. Sie war ein Einzelkind gewesen, ihre Eltern waren um so vieles älter als sie, daß sie, als sie zwanzig war, bereits als betagt gelten konnten. Deswegen war es schwierig, wenn nicht unmöglich, von zu Hause wegzugehen und ihr eigenes Leben zu leben. Irgendwie gelang ihr ein Kompromiß. Sie besuchte die Universität, aber in Edinburgh, und wohnte zu Hause. Danach arbeitete sie als Lehrerin, aber auch das tat sie an einer Schule am Ort, und als sie dreißig war, stand es außer Frage, die zwei alten Leute im Stich zu lassen, denen – unglaublich, dachte Miss Cameron oft – sie ihr Dasein verdankte.

Als sie vierzig war, hatte ihre Mutter, die nie sehr kräftig gewesen war, einen leichten Herzanfall. Sie lag einen Monat kraftlos im Bett, dann starb sie. Nach dem Begräbnis kehrten Miss Cameron und ihr Vater in das große, düstere Haus zurück. Er ging nach oben und setzte sich verdrießlich ans Feuer, und sie ging in die Küche und machte Tee. Die Küche lag im Souterrain, und das Fenster war vergittert, um eventuelle Eindringlinge abzuschrecken. Während Miss Cameron wartete, daß das Wasser kochte, sah sie durch die Gitterstäbe auf das kleine Steingärtchen. Sie hatte versucht, dort Geranien zu ziehen, aber sie waren alle verwelkt, und nun war dort nichts zu sehen als ein hartnäckiger Weidenröschensproß. Die Gitter ließen die Küche wie ein Gefängnis anmuten. Das war ihr früher nie in den Sinn gekommen, aber jetzt kam es ihr in den Sinn, und sie wußte, daß es stimmte. Sie würde niemals fortkommen. Ihr Vater lebte noch fünfzehn Jahre, und sie unterrichtete weiter, bis er zu schwach wurde, um allein gelassen zu werden, und sei es nur für einen Tag. Da gab sie pflichtschuldig ihre Arbeit auf, die sie nicht gerade glücklich gemacht, aber zumindest ausgefüllt hatte, und blieb zu Hause, um ihre Zeit dem Lebensabend ihres Vaters zu widmen. Sie besaß kaum eigenes Geld und nahm an, daß der alte Mann so wenig hatte wie sie selbst, so spärlich war das Haushaltsgeld, so knickerig war er mit Dingen wie Kohlen und Zentralheizung und selbst den bescheidensten Vergnügungen.

Er besaß ein altes Auto, das Miss Cameron fahren konnte, und an warmen Tagen packte sie ihn manchmal hinein, und dann saß er neben ihr, in seinem grauen Tweedanzug und dem schwarzen Hut, mit dem er wie ein Leichenbestatter aussah, während sie ihn ans Meer oder aufs Land chauffierte oder gar zum Holyrood-Park, wo er wankend einen kleinen Spaziergang machen oder unter den grasbewachsenen Hängen von Arthur's Seat in der Sonne sitzen konnte. Dann aber schossen die Benzinpreise in die Höhe, und ohne sich mit seiner Tochter zu besprechen, verkaufte Mr. Cameron das Auto, und sie hatte nicht genug eigenes Geld, um ein neues zu kaufen.

Für die eiskalten schottischen Winter liegt viel Kaminholz bereit

Sie hatte eine Freundin, Dorothy Laurie, mit der sie studiert hatte. Dorothy hatte geheiratet – während Miss Cameron ledig geblieben war –, einen jungen Arzt, der mittlerweile ein ungeheuer erfolgreicher Neurologe war und mit dem sie eine Familie mit wohlgeratenen Kindern gegründet hatte, die jetzt alle erwachsen waren. Dorothy entrüstete sich unaufhörlich über Miss Camerons Situation. Sie fand, und sprach es aus, Miss Camerons Eltern seien selbstsüchtig und gedankenlos gewesen und der alte Herr werde immer schlimmer, je älter er werde. Als das Auto verkauft wurde, platzte ihr der Kragen.

Landschaft unweit von Edinburgh

«Lächerlich», sagte sie beim Tee in ihrem sonnigen, mit Blumen gefüllten Wohnzimmer. Miss Cameron hatte ihre Putzfrau bewogen, den Nachmittag über zu bleiben, um Mr. Cameron seinen Tee zu servieren und aufzupassen, daß er auf dem Weg zur Toilette nicht die Treppe hinunterfiel. «So knauserig kann er nicht sein. Er wird sich doch bestimmt einen Wagen leisten können, wenn schon nicht um seinetwillen, dann wenigstens dir zuliebe?»

Miss Cameron mochte ihr nicht erzählen, daß er nie an jemand anderen gedacht hatte als an sich selbst. Sie sagte: «Ich weiß nicht.»

«Dann solltest du es herausfinden. Sprich mit seinem Steuerberater. Oder mit seinem Anwalt.»

«Dorothy, das kann ich nicht. Das wäre ja, als würde ich ihn hintergehen.» Dorothy machte ein Geräusch, das sich anhörte wie dieses «Paah», das die Leute in altmodischen Romanen zu sagen pflegten.

«Ich möchte ihn nicht aufregen», fuhr Miss Cameron fort.

«Würde ihm aber mal guttun, sich aufzuregen. Hätte er sich ein-, zweimal in seinem Leben aufgeregt, wäre er jetzt nicht so ein egoistischer alter ...» Sie schluckte herunter, was sie hatte sagen wollen, und ersetzte es durch «... Mann.»

«Er ist einsam.»

«Natürlich ist er einsam. Egoistische Menschen sind immer einsam. Daran ist niemand schuld außer er selber. Jahrelang hat er im Sessel gesessen und sich selbst bedauert.»

Es war zu wahr, um darüber zu streiten. «Na ja», sagte Miss Cameron, «da ist nichts zu machen. Er ist fast neunzig. Es ist zu spät, ihn ändern zu wollen.»

«Ja, aber es ist nicht zu spät, daß du dich änderst. Du darfst nicht zulassen, daß du mit ihm alt wirst. Du mußt einen Teil deines Lebens für dich behalten.»

Schließlich starb er, schmerzlos und friedvoll. Nach einem ruhigen Abend und einer ausgezeichneten Mahlzeit, die seine Tochter ihm gekocht hatte, schlief er ein und wachte nicht wieder auf. Miss Cameron war froh für ihn, daß sein Ende so still gekommen war. Erstaunlich viele Leute nahmen an der Beerdigung teil. Ein paar Tage später wurde Miss Cameron in die Kanzlei des Rechtsanwalts ihres Vaters bestellt. Sie ging hin, mit einem schwarzen Hut und in nervöser, gespannter Verfassung. Dann aber kam alles ganz anders, als sie gedacht hatte. Mr. Cameron, dieser gerissene alte Schotte, hatte sich nie in die Karten schauen lassen. Die Pfennigfuchserei, die jahrelange Enthaltsamkeit, sie waren ein riesengroßer, phantastischer Bluff gewesen. In seinem Testament vermachte er seiner Tochter sein Haus, seine irdischen Besitztümer und mehr Geld, als sie sich je erträumt hatte. Höflich und äußerlich gefaßt wie stets, verließ sie die Anwaltskanzlei und trat auf dem Charlotte Square in den Sonnenschein hinaus. Eine Fahne flatterte hoch über den Festungswällen des Schlosses, und die Luft war kalt und frisch. Miss Cameron ging zu Jenners, eine Tasse Kaffee trinken, dann besuchte sie Dorothy.

Als Dorothy die Neuigkeit vernahm, war sie – typisch für sie – hin und her gerissen zwischen Wut auf die Hinterlist und Falschheit des alten Mr. Cameron und Begeisterung über das Glück ihrer Freundin. «Du kannst dir ein Auto kaufen», sagte sie zu ihr. «Du kannst reisen. Du kannst dir einen Pelzmantel anschaffen, Kreuzfahrten machen. Alles. Was wirst du tun? Was wirst du mit dem Rest deines Lebens anfangen?»

«Hm», meinte Miss Cameron vorsichtig, «ich werde mir einen kleinen Wagen kaufen.» An die Vorstellung, frei, beweglich zu sein, ohne auf einen anderen Menschen Rücksicht zu nehmen, mußte sie sich erst langsam gewöhnen.

«Und reisen?»

Aber Miss Cameron hatte keine große Lust zu reisen, außer daß sie eines Tages nach Oberammergau wollte, um die Passionsspiele zu sehen. Und sie wollte keine Kreuzfahrten machen. Eigentlich wünschte sie sich nur eines, hatte sie sich ihr Leben lang nur eines gewünscht. Und jetzt konnte sie es haben. Sie sagte: «Ich verkaufe das Haus in Edinburgh. Und kaufe ein anderes.»

«Wo?»

Sie wußte genau, wo. Kilmoran. Sie hatte dort einen Sommer verbracht, als sie zehn war, auf Einladung der liebenswürdigen Eltern einer Schulfreundin. Es waren derart glückliche Ferien gewesen, daß Miss Cameron sie nie vergessen hatte.

Sie sagte: «Ich ziehe nach Kilmoran.»

«Kilmoran? Aber das ist ja bloß über die Förde ...»

Miss Cameron lächelte sie an. Es war ein Lächeln, wie es Dorothy noch nie gesehen hatte, und es ließ sie verstummen. «Dort werde ich ein Haus kaufen.»

Und sie machte es wahr. Ein Reihenhaus mit Blick aufs Meer. Von hinten, der Nordseite, wirkte es unansehnlich und langweilig; es hatte quadratische Fenster, und die Haustür lag direkt am Bürgersteig. Aber drinnen war es schön, ein georgianisches Haus in Miniaturgröße, die Diele war mit Schieferplatten belegt, und eine geschweifte Treppe führte ins obere Stockwerk. Das Wohnzimmer lag oben, es hatte ein Erkerfenster, und vor dem Haus war ein Garten, zum Schutz vor dem Seewind ummauert. In der Mauer war ein großes Tor, und dahinter führte eine Steintreppe über die Kaimauer an den Strand. Im Sommer liefen Kinder auf der Kaimauer entlang, sie schrien und lärmten, aber Miss Cameron machte dieser Lärm nichts aus, ebensowenig wie die Geräusche der Wellen oder der Möwen oder der ewigen Winde.

Es gab viel zu tun an dem Haus und viel aufzuwenden, aber mit einer gewissen mäuschenhaften Courage tat sie beides. Sie ließ eine Zentralheizung und doppelte Fensterscheiben installieren.

Die Küche wurde mit Kiefernschränken neu eingerichtet, und hellgrüne Badezimmerfliesen ersetzten die alten, angeschlagenen weißen. Die hübschesten und kleinsten Möbelstücke aus dem alten Edinburgher Haus wurden ausgesucht und mit einem großen Lastwagen nach Kilmoran verfrachtet, zusammen mit dem Porzellan, dem Silber, den vertrauten Bildern. Aber sie kaufte neue Teppiche und Vorhänge und ließ die Wände neu tapezieren und die Holzbalken strahlend weiß streichen.

Was den Garten anging – sie hatte nie einen Garten besessen. Jetzt kaufte sie Bücher und studierte sie abends im Bett, und sie pflanzte Steinbrech und Ehrenpreis, Thymian und Lavendel, und sie kaufte einen kleinen Rasenmäher und mähte eigenhändig das rauhe, büschelige Gras.

Über den Garten lernte sie zwangsläufig ihre Nachbarn kennen. Rechter Hand wohnten Mitchells, ein älteres Rentnerehepaar. Sie plauderten über die Gartenmauer hinweg, und eines Tages lud Mrs. Mitchell Miss Cameron zum Abendessen und zum Bridgespiel ein. Behutsam wurden sie und Miss Cameron Freunde, aber es waren altmodische, förmliche Leute. Sie boten Miss Cameron nicht an, sich gegenseitig beim Vornamen zu nennen, und sie war zu schüchtern, es von sich aus vorzuschlagen. Als sie darüber nachsann, wurde ihr klar, daß Dorothy jetzt der einzige Mensch war, der ihren Vornamen kannte. Es war traurig, wenn die Leute nicht mehr merkten, daß man einen Vornamen hatte. Es bedeutete, daß man langsam alt wurde.

Die Nachbarn zur Linken waren jedoch aus ganz anderem Holz geschnitzt. Sie bewohnten ihr Haus nicht dauernd, sondern benutzten es nur an Wochenenden und in den Ferien.

«Sie heißen Ashley», hatte Mrs. Mitchell am Abendbrottisch erklärt, als Miss Cameron ein paar diskrete Fragen über das verriegelte Haus mit den geschlossenen Fensterläden auf der anderen Seite ihres Gartens stellte. «Er ist Architekt, hat in Edinburgh ein Büro. Es wundert mich, daß Sie nicht von ihm gehört haben, wo Sie doch Ihr ganzes Leben dort verbracht haben. Ambrose Ashley. Er hat eine um viele Jahre jüngere Frau geheiratet, sie war Malerin, glaube ich, und sie haben eine Tochter. Scheint ein nettes Mädchen zu sein ... Nehmen Sie doch noch Quiche, Miss Cameron, oder etwas Salat?»

Es war Ostern, als die Ashleys auftauchten. Der Karfreitag war kalt und strahlend, und als Miss Cameron in den Garten ging, hörte sie über die Mauer hinweg Stimmen, und sie blickte zum Haus hinüber. Läden und Fenster waren offen. Ein rosa Vorhang flatterte im Wind. Eine junge Frau erschien an einem Fenster im oberen Stockwerk, und eine Sekunde lang sahen sie und Miss Cameron sich ins Gesicht. Miss Cameron wurde verlegen. Sie machte kehrt und eilte ins Haus. Wie schrecklich, wenn sie dächten, daß ich spioniere.

Später jedoch, beim Unkrautjäten, hörte sie ihren Namen, und da war die junge Frau wieder und sah sie über die Mauer hinweg an. Sie hatte ein rundes, sommersprossiges Gesicht, dunkelbraune Augen und rötliche Haare, üppig, dicht und windzerzaust.

Miss Cameron erhob sich von den Knien und überquerte den Rasen. Unterwegs zog sie die Gartenhandschuhe aus.

«Ich bin Frances Ashley ...» Sie gaben sich über die Mauer die Hand. Aus der Nähe stellte Miss Cameron fest, daß sie nicht so jung war, wie sie ihr anfangs erschien. Sie hatte feine Fältchen um Augen und Mund, und die flammenden Haare waren vielleicht nicht ganz natürlich, aber ihr Gesichtsausdruck war so offen, und sie strahlte eine solche Vitalität aus, daß Miss Cameron ihre Schüchternheit ein wenig überwand und sich alsbald ganz unbefangen fühlte.

Teestunde in einem schottischen Landhaus

Die dunklen Augen schweiften über Miss Camerons Garten. «Meine Güte, müssen Sie geschuftet haben. Alles ist jetzt so hübsch und gepflegt. Haben Sie Sonntag etwas vor? Ostersonntag? Wir wollen nämlich im Garten grillen, wenn es nicht in Strömen gießt. Kommen Sie doch auch, falls Sie nichts gegen ein Picknick haben.»

«Oh. Sehr liebenswürdig.» Miss Cameron war noch nie auf ein Grillfest eingeladen worden. «Ich ... ich denke, ich komme sehr gerne.»

«Gegen Viertel vor eins. Sie können über die Kaimauer kommen.»

«Ich freue mich sehr darauf.»

An den folgenden Tagen stellte sie fest, daß das Leben, wenn die Ashleys nebenan wohnten, ganz anders war als ohne sie. Zum einen war es viel lauter, aber es war ein angenehmer Lärm. Rufende Stimmen, Gelächter und Musik, die durch die offenen Fenster schwebte. Miss Cameron, die sich auf «Hard Rock» oder wie immer das hieß, gefaßt gemacht hatte, erkannte Vivaldi, und Freude erfüllte sie. Sie erhaschte ab und zu einen Blick auf die übrigen Mitglieder der kleinen Familie. Den Vater, sehr groß und schlank und vornehm, mit silbernen Haaren, und die Tochter, die so rothaarig war wie ihre Mutter und deren Beine in den verblichenen Jeans endlos lang aussahen. Sie hatten auch Freunde bei sich wohnen (Miss Cameron fragte sich, wie sie die alle unterbrachten), und nachmittags ergossen sich alle in den Garten und bevölkerten den Strand. Sie spielten alberne

Ballspiele, und Mutter und Tochter mit den roten Haaren sahen aus wie Schwestern, wenn sie barfuß über den Sand sausten.

Der Ostersonntag war hell und sonnig, obwohl ein scharfer, kalter Wind ging und auf dem Kamm der Lammermuir-Hügel noch Schneereste zu sehen waren. Miss Cameron ging zur Kirche, und als sie nach Hause kam, vertauschte sie Sonntagsmantel und -rock mit Sachen, die sich besser für ein Picknick eigneten. Eine lange Hose hatte sie nie besessen, aber sie fand einen bequemen Rock, einen warmen Pullover und einen winddichten Anorak. Sie schloß ihre Haustür ab, ging durch den Garten an der Kaimauer entlang und durch das Tor in den Garten der Ashleys. Rauch blies von dem frisch angezündeten Grillfeuer herüber, und auf dem kleinen Rasen drängten sich schon Menschen jeden Alters; manche saßen auf Gartenstühlen oder lagerten auf Decken.

Alle waren sehr ausgelassen und benahmen sich, als würden sie sich gut kennen, und eine Sekunde lang wurde Miss Cameron von Schüchternheit übermannt und wünschte, sie wäre nicht gekommen. Dann aber stand plötzlich Ambrose Ashley neben ihr, eine Röstgabel mit einem aufgespießten verbrannten Würstchen in der Hand.

«Miss Cameron. Wie schön, Sie kennenzulernen. Nett von Ihnen, daß Sie gekommen sind. Frohe Ostern. Kommen Sie, Sie müssen die Leute kennenlernen. Frances! Miss Cameron ist da. Wir haben die Mitchells auch eingeladen, aber sie sind noch nicht hier. Frances, wie können wir den Rauch abstellen? Dieses Würstchen kann ich höchstens einem Hund anbieten.»

Frances lachte. «Dann such dir einen Hund und gib's ihm, und dann fang noch mal von vorne an ...», und plötzlich lachte Miss Cameron auch, weil er so herrlich komisch aussah mit seinem offenen Gesicht und dem verbrannten Würstchen. Dann bot ihr jemand einen Stuhl an, und jemand anders gab ihr ein Glas Wein. Sie setzte gerade dazu an, diesem Jemand zu sagen, wer sie war und wo sie wohnte, als sie unterbrochen und ihr ein Teller mit Essen gereicht wurde. Sie blickte auf, in das Gesicht der Ashley-Tochter. Die dunklen Augen hatte sie von ihrer Mutter, aber das Lächeln war das aufmunternde Grinsen ihres Vaters. Sie konnte nicht älter als zwölf sein, aber Miss Cameron, die während ihrer Jahre als Lehrerin unzählige Mädchen hatte heranwachsen sehen, erkannte auf Anhieb, daß dieses Kind eine Schönheit werden würde.

«Möchten Sie was essen?»

«Liebend gerne.» Sie sah sich nach etwas um, wo sie ihr Glas abstellen könnte, dann stellte sie es ins Gras. Sie nahm den Teller, die Papierserviette, Messer und Gabel. «Danke. Ich weiß gar nicht, wie du heißt.»

«Ich bin Bryony. Dieses Steak ist in der Mitte rosig gebraten, hoffentlich mögen Sie es so.»

«Köstlich», sagte Miss Cameron, die ihre Steaks gerne gut durchgebraten mochte.

«Und auf der gebackenen Kartoffel ist Butter. Ich hab sie draufgetan, damit Sie nicht aufstehen müssen.» Sie lächelte und verschwand, um ihrer Mutter zu helfen.

Miss Cameron, bemüht, mit Messer und Gabel zu balancieren, wandte sich wieder an ihren Nachbarn. «So ein hübsches Kind.»

«Ja, sie ist ein Schatz. Jetzt hole ich Ihnen noch ein Glas Wein, und dann müssen Sie mir alles über Ihr faszinierendes Haus erzählen.»

Es war eine herrliche Party, und sie war nicht vor sechs Uhr zu Ende. Als es Zeit zu gehen war, war die Flut so hoch, daß Miss Cameron keine Lust hatte, an der Kaimauer entlangzugehen, und sie kehrte auf dem üblichen Weg nach Hause zurück, via Haustüren und Bürgersteig. Ambrose Ashley begleitete sie. Als sie ihre Tür aufgeschlossen hatte, dankte sie ihm.

«So eine reizende Party. Es hat mir gefallen. Ich komme mir ganz bohemienhaft vor, so viel Wein am hellichten Tag. Und wenn Sie das nächste Mal hier sind, hoffe ich, daß Sie alle zu mir zum Essen kommen. Vielleicht mittags.»

«Herzlich gerne, aber jetzt werden wir erst mal eine ganze Weile nicht hier sein. Ich habe einen Lehrauftrag an einer Universität in Texas. Wir gehen im Juli rüber, machen zuerst ein bißchen Urlaub, und im Herbst fange ich zu arbeiten an. Bryony kommt mit. Sie wird in den USA zur Schule gehen.»

«Ein wunderbares Erlebnis für Sie alle!»

Er lächelte sie an, und sie sagte: «Ich werde Sie vermissen.»

Das Jahr verging. Nach dem Frühling kam der Sommer, der Herbst, der Winter. Es stürmte, und der Steinbrech der Ashleys wurde von der Mauer geweht, weshalb Miss Cameron mit Gärtnerdraht und Drahtschere nach nebenan ging und ihn festband. Es wurde wieder Ostern, es wurde Sommer, aber die Ashleys erschienen noch immer nicht. Erst Ende August kamen sie zurück. Miss Cameron war einkaufen gewesen und hatte in der Bücherei ihr Buch umgetauscht. Sie bog am Ende der Straße um die Ecke und sah das Auto der Ashleys vor der Tür stehen, und lächerlicherweise tat ihr Herz einen Sprung. Sie trat ins Haus, stellte ihren Korb auf den Küchentisch und ging geradewegs in den Garten. Und dort, jenseits der Mauer, war Mr. Ashley und versuchte, das rauhe, wuchernde

Gras mit einer Sense zu mähen. Er blickte auf, sah sie und hielt mitten im Schwung inne. «Miss Cameron.» Er legte die Sense hin, kam herüber und gab ihr die Hand.

«Sie sind wieder da.» Sie konnte ihre Freude kaum zurückhalten.

«Ja. Wir sind länger geblieben, als wir vorhatten. Wir haben so viele Freunde gewonnen, und es gab so viel zu sehen und zu tun. Es war für uns alle ein wunderbares Erlebnis. Aber jetzt sind wir wieder in Edinburgh, und der Alltag hat mich wieder.»

«Wie lange bleiben Sie hier?»

«Leider nur ein paar Tage. Ich werde die ganze Zeit brauchen, um dem Gras beizukommen ...»

Aber Miss Camerons Aufmerksamkeit wurde durch eine Bewegung beim Haus abgelenkt. Die Tür ging auf, und Frances Ashley kam heraus und die Treppe herunter auf sie zu. Nach sekundenlangem Zögern lächelte Miss Cameron und sagte: «Schön, daß Sie zurück sind. Ich freue mich so, Sie beide wiederzusehen.»

Sie hoffte sehr, daß sie das Zögern nicht bemerkt hatten. Sie wollte auf gar keinen Fall, daß sie auch nur ahnten, wie erschrocken und erstaunt sie gewesen war. Denn Frances Ashley war wundersamerweise sichtlich schwanger aus Amerika zurückgekehrt.

Sie bekommt noch ein Baby», sagte Mrs. Mitchell. «Nach so langer Zeit. Sie bekommt noch ein Baby.»

«Es gibt keinen Grund, weswegen sie nicht noch ein Baby bekommen sollte», sagte Miss Cameron matt. «Ich meine, wenn sie es will.»

«Aber Bryony muß jetzt vierzehn sein.»

«Das spielt keine Rolle.»

«Nein, es spielt keine Rolle . . . es ist nur . . . nun ja, ziemlich ungewöhnlich.»

Die zwei Damen verbrachten einen Moment in einmütigem Schweigen.

Nach einer Weile meinte Mrs. Mitchell vorsichtig: «Sie ist schließlich nicht mehr die Jüngste.»

«Sie sieht sehr jung aus», sagte Miss Cameron.

«Ja, sie sieht jung aus, aber sie muß mindestens achtunddreißig sein. Sicher, das ist jung, wenn man in die Jahre kommt wie wir. Aber es ist nicht jung, wenn man ein Baby bekommt.»

Miss Cameron hatte nicht gewußt, daß Mrs. Ashley achtunddreißig war. Manchmal, wenn sie mit ihrer langbeinigen Tochter im Sand war, sahen sie gleich alt aus. Sie sagte: «Es wird bestimmt gutgehen», aber es klang selbst in ihren eigenen Ohren nicht recht überzeugt.

«Ja, sicher», sagte Mrs. Mitchell. Ihre Blicke trafen sich, dann sahen beide rasch weg.

Der Fluß Tay bei Kenmore

Und jetzt war es mitten im Winter und wieder Weihnachten, und Miss Cameron war allein. Wenn die Mitchells hier gewesen wären, hätte sie sie vielleicht für morgen zum Mittagessen eingeladen, aber sie waren verreist, um die Feiertage bei ihrer verheirateten Tochter in Dorset zu verbringen. Ihr Haus stand leer. Das Haus der Ashleys dagegen war bewohnt. Sie waren vor ein paar Tagen aus Edinburgh gekommen, aber Miss Cameron hatte nicht mit ihnen gesprochen. Sie fand, daß sie es tun sollte, aber aus einem obskuren Grund war es im Winter

schwerer, Kontakt zu knüpfen. Man konnte nicht lässig über die Gartenmauer hinweg plaudern, wenn die Leute drinnen blieben, beim Feuer und mit zugezogenen Vorhängen. Und sie war zu schüchtern, sich einen Anlaß auszudenken, um an ihre Tür zu klopfen. Hätte sie sie besser gekannt, so würde sie ihnen Weihnachtsgeschenke gekauft haben, aber wenn sie dann nichts für sie hätten, könnte es peinlich werden. Zudem war da Mrs. Ashleys Schwangerschaft, die machte die Sache noch komplizierter. Gestern hatte Miss Cameron sie beim Wäscheaufhängen erspäht, und es sah so aus, als könnte das Baby jeden Moment kommen.

Am Nachmittag unternahmen Mrs. Ashley und Bryony einen Spaziergang am Strand. Sie gingen langsam, rannten nicht um die Wette wie sonst. Mrs. Ashley trug Gummistiefel und zockelte müde, schwerfällig, als werde sie nicht nur von dem Gewicht des Babys niedergedrückt, sondern von allen Sorgen der Welt. Sogar ihre roten Haare schienen ihre Spannkraft verloren zu haben. Bryony verlangsamte ihren Schritt, um sich ihrer Mutter anzupassen, und als sie von ihrem kleinen Ausflug zurückkehrten, hielt sie ihre Mutter am Arm und stützte sie.

Ich darf nicht an sie denken, sagte sich Miss Cameron brüsk. Ich darf nicht zu einer alten Dame werden, die sich in alles einmischt, die ihre Nachbarn beobachtet und Geschichten über sie erfindet. Es geht mich nichts an.

Heiligabend. Zu Festtagsstimmung entschlossen, stellte Miss Cameron ihre Weihnachtskarten auf dem Kaminsims auf und füllte eine Schale mit Stechpalmenzweigen; sie holte Holzscheite herein und putzte das Haus, und am Nachmittag machte sie einen ausgedehnten Strandspaziergang. Als sie nach Hause kam, war es dunkel, ein seltsamer, bewölkter Abend, ein stürmischer Wind wehte von Westen. Sie zog die Vorhänge zu und machte Tee. Sie hatte sich gerade hingesetzt, die Knie nahe am flackernden Feuer, als das Telefon klingelte. Sie stand auf, nahm ab und hörte zu ihrer Verwunderung eine Männerstimme. Es war Ambrose Ashley von nebenan.

Er sagte: «Sie sind da.»

«Natürlich.»

«Ich komme rüber.»

Er legte auf. Eine Minute später läutete es an der Haustür, und sie ging aufmachen. Er stand auf dem Bürgersteig, aschfahl, fleischlos wie ein Skelett.

Sie fragte sogleich: «Was ist passiert?»

«Ich muß Frances nach Edinburgh ins Krankenhaus bringen.»

«Kommt das Baby?»

«Ich weiß nicht. Sie fühlt sich seit gestern nicht wohl. Ich mache mir Sorgen. Ich habe unseren Arzt angerufen, und er sagt, ich soll sie sofort hinbringen.»

«Wie kann ich helfen?»

«Deswegen bin ich hier. Könnten Sie herüberkommen und bei Bryony bleiben? Sie möchte mit uns fahren, aber ich möchte sie lieber nicht mitnehmen und will sie nicht allein lassen.»

«Selbstverständlich.» Trotz ihrer Besorgnis wurde es Miss Cameron ganz warm ums Herz. Sie brauchten ihre Hilfe. Sie waren zu ihr gekommen. «Aber ich finde, sie sollte lieber zu mir kommen. Es wäre womöglich leichter für sie.»

«Sie sind ein Engel.»

Er ging in sein Haus zurück. Gleich darauf kam er wieder heraus, den Arm um seine Frau gelegt. Sie gingen zum Auto, und er half ihr sachte hinein. Bryony folgte mit dem Koffer ihrer Mutter. Sie trug ihre Jeans und einen dicken weißen

Pullover, und als sie sich ins Auto beugte, um ihre Mutter zu umarmen und ihr einen Kuß zu geben, spürte Miss Cameron einen Kloß in ihrer Kehle. Vierzehn, das wußte sie aus langjähriger Erfahrung, konnte ein unmögliches Alter sein. Alt genug, um zu begreifen, doch nicht alt genug, um praktische Hilfe zu leisten. Im Geiste sah sie Bryony und ihre Mutter zusammen über den Sand laufen, und sie fühlte tiefes Mitleid mit dem Kind. Der Wagenschlag wurde geschlossen. Mr. Ashley gab seiner Tochter noch rasch einen Kuß. «Ich ruf an», sagte er zu ihnen beiden, dann setzte er sich hinters Lenkrad. Minuten später war das Auto verschwunden, das rote Rücklicht von der Dunkelheit verschluckt. Miss Cameron und Bryony standen allein auf dem Bürgersteig im Wind.

Bryony war gewachsen. Sie war jetzt fast so groß wie Miss Cameron, und sie war es, die als erste sprach. «Haben Sie was dagegen, wenn ich mit Ihnen reinkomme?» Ihre Stimme war beherrscht, kühl.

Miss Cameron beschloß, es ihr gleichzutun. «Keineswegs», erwiderte sie.

«Ich schließe bloß das Haus ab und stelle ein Schutzgitter vors Feuer.»

«Tu das. Ich warte auf dich.»

Als sie kam, hatte Miss Cameron Holz nachgelegt, eine frische Kanne Tee gemacht, eine zweite Tasse nebst Untertasse aufgedeckt, dazu eine Packung Schokoladenplätzchen. Bryony setzte sich auf den Kaminvorleger, die Knie ans Kinn gezogen, die langen Finger um die Teetasse gelegt, als dürste sie nach Wärme.

Miss Cameron sagte: «Du mußt versuchen, dich nicht zu ängstigen. Ich bin sicher, daß alles gutgeht.»

Bryony sagte: «Eigentlich hat sie das Baby gar nicht gewollt. Als es anfing, waren wir in Amerika, und sie meinte, sie wäre zu alt zum Kinderkriegen. Aber dann hat sie sich an den Gedanken gewöhnt und wurde ganz aufgeregt deswegen, und wir haben in New York Kleider und so gekauft. Aber letzten Monat wurde alles ganz anders. Sie scheint so müde und ... beinahe ängstlich.»

«Ich habe nie ein Kind gehabt», sagte Miss Cameron, «daher weiß ich nicht, wie einem dabei zumute ist. Aber ich kann mir vorstellen, es ist eine sehr empfindsame Zeit. Und man kann nichts dafür, wie man sich fühlt. Es hat keinen Sinn, wenn einem andere Leute sagen, man darf nicht deprimiert sein.»

«Sie sagt, sie ist zu alt. Sie ist fast vierzig.»

«Meine Mutter war vierzig, bevor ich auf die Welt kam. Ich war ihr erstes und einziges Kind. Und mir fehlt nichts, und meiner Mutter hat auch nichts gefehlt.»

Bryony blickte auf; diese Offenbarung weckte ihr Interesse. «Tatsächlich? Hat es Ihnen nichts ausgemacht, daß sie so alt war?»

Miss Cameron befand, daß die reine Wahrheit ausnahmsweise nicht angebracht war. «Nein, überhaupt nicht. Und bei eurem Baby wird es anders sein, weil du da bist. Ich kann mir nichts Schöneres denken, als eine Schwester zu haben, die vierzehn Jahre älter ist als man selbst. Ganz so, als hätte man die allerbeste Tante auf der Welt.»

«Das Schreckliche ist», sagte Bryony, «es würde mir nicht so viel ausmachen, wenn dem Baby was passiert. Aber ich könnte es nicht ertragen, wenn Mutter was zustieße.»

Miss Cameron klopfte ihr auf die Schulter. «Ihr wird nichts passieren. Denk nicht daran. Die Ärzte werden alles für sie tun.» Es schien ihr an der Zeit, über etwas anderes zu sprechen. «Hör zu, es ist Heiligabend. Im Fernsehen bringen sie Weihnachtslieder. Möchtest du sie hören?»

«Nein, wenn es Ihnen nichts ausmacht. Ich will nicht an Weihnachten denken, und ich will nicht fernsehen.»

«Was möchtest du denn gerne tun?»

«Einfach bloß reden.»

Miss Cameron war verzagt. «Reden. Worüber sollen wir reden?»

«Vielleicht über Sie?»

«Über mich?» Sie mußte unwillkürlich lachen. «Meine Güte, so ein langweiliges Thema. Eine alte Jungfer, praktisch in der zweiten Kindheit!»

«Wie alt sind Sie?» fragte Bryony so unbefangen, daß Miss Cameron es ihr sagte. «Aber achtundfünfzig ist nicht alt! Bloß ein Jahr älter als mein Vater, und er ist jung. Zumindest denke ich das immer.»

«Ich fürchte, ich bin trotzdem nicht sehr interessant.»

«Ich finde, jeder Mensch ist interessant. Und wissen Sie, was meine Mutter gesagt hat, als sie Sie das erste Mal sah? Sie sagte, Sie haben ein schönes Gesicht, und sie würde Sie gerne zeichnen. Na, ist das ein Kompliment?»

Miss Cameron errötete vor Freude. «O ja, das ist sehr erfreulich ...»

«Und jetzt erzählen Sie mir von sich. Warum haben Sie dieses Haus gekauft? Warum sind Sie *hierher*gezogen?»

Und Miss Cameron, sonst so zurückhaltend und still, begann verlegen zu reden. Sie erzählte Bryony von jenen ersten Ferien in Kilmoran, vor dem Krieg, als die Welt jung und unschuldig war und man für einen Penny ein Hörnchen Eis kaufen konnte. Sie erzählte Bryony von ihren Eltern, ihrer Kindheit, dem alten, großen Haus in Edinburgh.

Sie erzählte ihr vom Studium und wie sie ihre Freundin Dorothy kennengelernt hatte, und auf einmal war diese ungewohnte Flut von Erinnerungen keine Qual mehr, sondern eine Erleichterung. Es war angenehm, an die altmodische Schule zurückzudenken, wo sie so viele Jahre unterrichtet hatte, und sie war imstande, kühl und sachlich über die trübe Zeit zu sprechen, bevor ihr Vater schließlich starb.

Bryony hörte so aufmerksam zu, als würde Miss Cameron ihr von einem erstaunlichen persönlichen Abenteuer berichten. Und als sie zu dem Testament des alten Mr. Cameron kam und erzählte, daß er sie so wohlversorgt zurückgelassen hatte, da konnte Bryony nicht an sich halten.

«Oh, das ist phantastisch. Genau wie im Märchen. Zu schade, daß kein schöner weißhaariger Prinz aufkreuzt und um Ihre Hand anhält.»

Miss Cameron lachte. «Für so etwas bin ich ein bißchen zu alt.»

«Schade, daß Sie nicht geheiratet haben. Sie wären eine phantastische Mutter gewesen. Oder wenn Sie wenigstens Geschwister gehabt hätten, dann hätten Sie denen so eine phantastische Tante sein können!» Sie sah sich zufrieden in dem kleinen Wohnzimmer um. «Das ist genau richtig für Sie, nicht? Dieses Haus muß auf Sie gewartet haben, es hat gewußt, daß Sie hierherziehen würden.»

«Das ist eine fatalistische Einstellung.»

«Ja, aber eine positive. Ich bin in allem schrecklich fatalistisch.»

«Das darfst du nicht. Hilf dir selbst, so hilft dir Gott.»

«Ja», sagte Bryony, «ja, das mag wohl sein.»

Sie verstummten. Ein Holzscheit brach und sackte in sich zusammen, und als Miss Cameron sich vorbeugte, um ein neues nachzulegen, schlug die Uhr auf dem Kaminsims halb acht. Sie waren beide erstaunt, daß es schon so spät war, und auf einmal fiel Bryony ihre Mutter ein.

«Ich möchte wissen, was los ist.»

«Dein Vater wird anrufen, sobald er uns etwas zu sagen hat. In der Zwischenzeit sollten wir das Teegeschirr abwaschen und überlegen, was es zum Abendessen gibt. Was hättest du gerne?»

«Am allerliebsten Tomatensuppe aus der Dose und Eier mit Speck.»

«Das wäre mir auch am allerliebsten. Gehen wir in die Küche.»

Der Anruf kam nicht vor halb zehn. Mrs. Ashley lag in den Wehen. Es ließ sich nicht sagen, wie lange es dauern würde, aber Mr. Ashley wollte im Krankenhaus bleiben.

«Ich behalte Bryony über Nacht hier», sagte Miss Cameron bestimmt. «Sie kann in meinem Gästezimmer schlafen. Und ich habe ein Telefon am Bett, Sie können ohne weiteres jederzeit anrufen, sobald Sie etwas wissen.»

«Mach ich.»

«Möchten Sie Bryony sprechen?»

«Bloß gute Nacht sagen.»

Miss Cameron verzog sich in die Küche, während Vater und Tochter telefonierten. Als sie das Klingeln beim Auflegen des Hörers hörte, ging sie nicht in die Diele, sondern machte sich am Spülbecken zu schaffen, füllte Wärmflaschen und wienerte das ohnehin makellos saubere Abtropfbrett. Sie rechnete halbwegs mit Tränen, als Bryony zu ihr kam, doch Bryony war gefaßt und tränenlos wie immer.

«Er sagt, wir müssen einfach abwarten. Haben Sie was dagegen, wenn ich bei Ihnen übernachte? Ich kann nach nebenan gehen und meine Zahnbürste und meine Sachen holen.»

«Ich möchte, daß du bleibst. Du kannst in meinem Gästezimmer schlafen.»

Schließlich ging Bryony ins Bett, mit einer Wärmflasche und einem Becher warmer Milch. Miss Cameron ging ihr gute Nacht sagen, aber sie war zu schüchtern, um ihr einen Kuß zu geben. Bryonys flammendrote Haare waren wie rote

Seide auf Miss Camerons bestem Leinenkissenbezug ausgebreitet, und sie hatte außer ihrer Zahnbürste einen bejahrten Teddy mitgebracht. Er hatte eine fadenscheinige Nase und nur ein Auge. Als Miss Cameron eine halbe Stunde später selbst zu Bett ging, warf sie einen Blick ins Gästezimmer und sah, daß Bryony fest schlief. Sie legte sich ins Bett, aber der Schlaf wollte nicht so leicht kommen. Ihr Hirn schien aufgezogen von Erinnerungen an Menschen und Ortschaften, an die sie seit Jahren nicht mehr gedacht hatte.

Ich finde, jeder Mensch ist interessant, hatte Bryony gesagt, und Miss Cameron wurde es warm ums Herz vor lauter Hoffnung für den Zustand der Welt. So schlimm konnte es nicht bestellt sein, wenn es noch junge Menschen gab, die so dachten.

Sie sagte, Sie haben ein schönes Gesicht. Vielleicht, dachte sie, tu ich nicht genug. Ich habe mich zu sehr in mich selbst zurückgezogen. Es ist egoistisch, nicht mehr an andere Menschen zu denken. Ich muß mehr tun. Ich muß reisen. Nach Neujahr melde ich mich bei Dorothy und frage sie, ob sie mitkommen möchte.

Madeira. Sie könnten nach Madeira fahren. Blauer Himmel und Bougainvillea. Und Jakarandabäume …

Mitten in der Nacht fuhr sie furchtbar erschrocken auf. Es war stockdunkel, es war bitterkalt. Das Telefon klingelte. Sie knipste die Nachttischlampe an, sie sah auf die Uhr. Es war nicht mitten in der Nacht, sondern sechs Uhr morgens. Weihnachtsmorgen. Sie nahm den Hörer ab.

«Ja?»

«Miss Cameron? Ambrose Ashley am Apparat …» Er klang erschöpft.

«Oh.» Sie fühlte sich ganz matt. «Erzählen Sie.»

«Ein Junge. Vor einer halben Stunde geboren. Ein niedlicher kleiner Junge.»

«Und Ihre Frau?»

«Sie schläft. Es geht ihr gut.»

Nach einer Weile sagte Miss Cameron: «Ich sag's Bryony.»

«Ich komme heute im Laufe des Vormittags nach Kilmoran – gegen Mittag, denke ich. Ich rufe im Hotel an und gehe mit Ihnen beiden dort essen. Das heißt, wenn Sie Lust haben?»

«Das ist sehr liebenswürdig», sagte Miss Cameron, «äußerst liebenswürdig.»

«Wenn einer liebenswürdig ist, dann Sie», sagte Mr. Ashley.

Ein neugeborenes Baby. Ein neugeborenes Baby am Weihnachtsmorgen. Sie fragte sich, ob sie es Noel nennen würden. Sie stand auf und trat ans offene Fenster. Der Morgen war dunkel und kalt, die Flut hoch, die pechschwarzen Wellen klatschten gegen die Kaimauer. Die eisige Luft roch nach Meer. Miss Cameron sog sie tief ein, und mit einemmal war sie ungeheuer aufgeregt und von grenzenloser Energie erfüllt. Ein kleiner Junge. Sie sonnte sich in dem Gefühl einer großartigen Leistung, was lächerlich war, weil sie überhaupt nichts geleistet hatte.

Als sie angezogen war, ging sie hinunter, um Wasser aufzusetzen. Sie deckte ein Teetablett für Bryony und stellte zwei Tassen und Untertassen darauf.

Ich sollte ein Geschenk für sie haben, sagte sie sich. *Es ist Weihnachten, und ich habe nichts für sie*. Aber sie wußte, daß sie Bryony zusammen mit dem Teetablett das schönste Geschenk bringen würde, das sie je bekommen hatte.

Es war jetzt kurz vor sieben. Sie ging nach oben in Bryonys Zimmer, stellte das Tablett auf den Nachttisch und knipste die Lampe an. Sie zog die Vorhänge auf. Bryony rührte sich im Bett. Miss Cameron setzte sich zu ihr und nahm ihre Hand. Der Teddy lugte hervor, seine Ohren lagen unter Bryonys Kinn. Bryony schlug die Augen auf. Sie sah Miss Cameron dasitzen, und sogleich weiteten sich ihre Augen vor Sorge.

Miss Cameron lächelte. «Frohe Weihnachten.»

«Hat mein Vater angerufen?»

«Du hast ein Brüderchen, und deine Mutter ist wohlauf.»

«Oh ...» Es war zuviel. Erleichterung öffnete die Schleusentore, und Bryonys

sämtliche Ängste lösten sich in einem Tränenstrom. «Oh ...» Ihr Mund wurde eckig wie der eines plärrenden Kindes, und Miss Cameron konnte es nicht ertragen. Sie konnte sich nicht erinnern, wann sie zuletzt eine zärtliche körperliche Berührung mit einem anderen Menschen hatte, aber nun nahm sie das weinende Mädchen in die Arme. Bryony schlang ihre Arme um Miss Camerons Hals und hielt sie so fest, daß sie dachte, sie würde ersticken. Sie fühlte die dünnen Schultern unter ihren Händen; die nasse, tränenüberströmte Wange drückte sich gegen ihre.

«Ich dachte ... ich dachte, es würde etwas Schreckliches passieren. Ich dachte, sie würde sterben.»

«Ich weiß», sagte Miss Cameron, «ich weiß.»

Es dauerte ein Weilchen, bis sich beide gefaßt hatten. Aber schließlich war es vorbei, die Tränen waren abgewischt, die Kissen aufgeschüttelt, der Tee eingeschenkt, und sie konnten von dem Baby sprechen.

«Es ist bestimmt was ganz Besonderes, am Weihnachtstag geboren zu sein», sagte Bryony. «Wann werde ich ihn sehen?»

«Ich weiß nicht. Dein Vater wird es dir sagen.»

«Wann kommt er?»

«Er wird zur Mittagszeit hier sein. Wir gehen alle ins Hotel, Truthahnbraten essen.»

«Oh, prima. Ich bin froh, daß Sie mitkommen. Was machen wir, bis er kommt? Es ist erst halb acht.»

Landschaft südlich der Lammermuir-Hügel

«Es gibt eine Menge zu tun», sagte Miss Cameron. «Wir machen uns ein Riesenfrühstück, zünden ein Riesenweihnachtsfeuer an – wenn du magst, können wir in die Kirche gehen.»

«O ja. Und Weihnachtslieder singen. Jetzt hab ich nichts mehr dagegen, an Weihnachten zu denken. Ich mochte bloß gestern abend nicht dran denken.» Dann sagte sie: «Ist es wohl möglich, daß ich ein schönes heißes Bad nehme?»

«Du kannst machen, wozu du Lust hast.» Sie stand auf, nahm das Teetablett und ging damit zur Tür. Aber als sie die Tür öffnete, sagte Bryony: «Miss Cameron», und sie drehte sich um.

«Sie waren gestern abend so lieb zu mir. Vielen, vielen Dank. Ich weiß nicht, was ich ohne Sie gemacht hätte.»

«Ich fand es schön, dich hier zu haben», sagte Miss Cameron aufrichtig. «Ich habe mich gerne mit dir unterhalten.» Sie zögerte. Ihr war soeben ein Gedanke gekommen. «Bryony, nach allem, was wir zusammen durchgemacht haben, meine ich, du solltest nicht mehr Miss Cameron zu mir sagen. Das klingt so schrecklich förmlich, und das haben wir doch ein für allemal hinter uns, nicht?»

Bryony blickte ein wenig verwundert drein, aber nicht im mindesten verstört.

«In Ordnung. Wenn Sie es sagen. Aber wie soll ich Sie denn nennen?»

«Mein Name», sagte Miss Cameron und lächelte, weil es wirklich ein sehr hübscher Name war, «ist Isobel.»

Dank und Bildquellen

Wir danken allen Mitgliedern der Familie Pilcher für ihre Hilfe und Unterstützung. Und wir möchten uns bei allen bedanken, die zum Gelingen dieses Buches beigetragen haben, insbesondere:

Sophie Duncker
Sara Lithgow
Claudia Nicholson
Rosemary Rome
Constance und Michael Smith

Bildquellen

Alle Aufnahmen Andreas von Einsiedel, außer:

4 ITTC / The Image Bank (TIB)
6 Konrad Wothe / LOOK
9 alte Postkarte
10 Lynn M. Stone / The Image Bank / TIB
11 (1) Patti McConville / TIB
(2) John P. Kelly / TIB
(3) Marc Romanelli / TIB
(4) Peter Miller / TIB
13 Steve Martin
15 The Carbis Bay Hotel
16 Steve Dunwell / TIB
17 o. Grant Faint / TIB

17 u. Frans Lemmens / TIB

19 Stuart Hall / Tony Stone

20 Steve Martin

22 Murray Alcosser / TIB

25 Joseph Devenney / TIB

30 – 31, 59 Privatbesitz Rosamunde Pilcher

56 Laurence Dutton / Tony Stone

58 Tom Owen Edmunds / TIB

79 Paul Webster / Tony Stone

84 – 85 The Tom Smith Group Ltd., Norwich

90 Kathy Collins / Robert Harding Picture Library

93 Joe Devenny / TIB

94 Lisl Dennis / TIB

97 Herb Hartmann / TIB

98 Trevor Wood / Tony Stone

101 ITTC / TIB

104 Schulenburg / The Interior Archives

109 Karl Johaentges / LOOK

110 Patti McConville / TIB

113 Renate Kupatt / TIB

114 Romilly Lockyer / TIB

116 David Sutherland / Tony Stone

119 John Netherton / TIB

123 MS Images / TIB

126 Robert Harding Picture Library

129 Christel Rosenfeld / Tony Stone

Im Weltbild Verlag ist außerdem erschienen:

Rosamunde Pilcher
Wolken am Horizont

316 Seiten, Format 12,5 x 18,7 cm
gebunden, Best.-Nr. 219 231
ISBN 3-8289-7106-7

Die junge, frisch verheiratete Laura Haverstock verbringt unbeschwerte Sommertage auf dem idyllisch gelegenen Landsitz Tremenheere in Cornwall bei Verwandten ihres Mannes Alec. Doch die sorglosen Tage in Cornwall finden ein jähes Ende: ein anonymer Brief taucht auf, der sie beschuldigt, ein Verhältnis zu haben. Wird Alec Lauras Beteuerungen glauben können? Nur die Liebe und ein tiefes gegenseitiges Vertrauen können die Geister der Vergangenheit bannen.

Im Weltbild Verlag ist außerdem erschienen:

Rosamunde Pilcher
Heimkehr

1136 Seiten, Format 12,5 x 20,5 cm
gebunden, Best.-Nr. 181 886
ISBN 3-8289-7096-6

Weihnachten 1935: Die 14-jährige Judith muss sich von der vertrauten Schule, ihrer Freundin und ihrer Familie verabschieden. Die nächsten Jahre soll sie in einem strengen Internat verbringen. Mit Bangen denkt sie an die strengen Regeln in der neuen Schule und an die Ferien, die sie bei ihrer prüden Tante Louise verbringen soll. Doch es kommt anders: Judith freundet sich mit Loveday an, die sie in die schillernde Welt ihrer wohlhabenden Familie einführt. So lernt Judith das Leben und auch ihre erste große Liebe kennen ...

Ein absoluter Bestseller der »Grand Old Lady«!